U0564449

Stay A
Moment
In The Book

绿茶 著

在书中小站片刻

三集

山东画报出版社
济南

图书在版编目（CIP）数据

在书中小站片刻. 三集 / 绿茶著. -- 济南：山东
画报出版社, 2025. 4. -- ISBN 978-7-5474-3442-0

Ⅰ. I267.1

中国国家版本馆CIP数据核字第2025YL1381号

ZAI SHUZHONG XIAOZHAN PIANKE　SANJI

在书中小站片刻　三集

绿茶 著

责任编辑 于 滢
装帧设计 姜 鹏

出 版 人 张晓东
主管单位 山东出版传媒股份有限公司
出版发行 山东画报出版社
　　　　社　　址　济南市市中区舜耕路517号　邮编 250003
　　　　电　　话　总编室（0531）82098472
　　　　　　　　　市场部（0531）82098479
　　　　网　　址　http://www.hbcbs.com.cn
　　　　电子信箱　hbcb@sdpress.com.cn
印　　刷 山东临沂新华印刷物流集团有限责任公司
规　　格 120毫米×185毫米　32开
　　　　　　8.625印张　160千字
版　　次 2025年4月第1版
印　　次 2025年4月第1次印刷
书　　号 ISBN 978-7-5474-3442-0
定　　价 78.00元

绿茶的糖衣，慎入

人们常说熟识的地方没风景，或许绿茶也有这种担忧，所以他始终将自己的书话集称为《在书中小站片刻》。他已经小站了这么多年，还执着地用同一个书名，我只能将他的这种偏执，理解为他有意制造若即若离之感，不愿意消耗掉自己对书店、书人以及书本身深入骨髓的爱。他刻意营造出疏离感，始终让自己保持新鲜度，让这份爱"时时勤拂拭，莫使惹尘埃"。

以我的观察，近几年的绿茶先生有一大变化、两大坚持，前者指的是他开了视频号，并且热情高涨地周更，以书店、书房为背景，讲述各种书中之爱。当然，他不会忘记把朋友拉下水，动员作家、学者、爱书人与他对谈，共说书话。我对他的这份热忱抱有警惕心，以免在他的诱惑下再次湿身。

我当然知道如今已进入视频时代，任何逆时代潮流的人，必然会被时代淘汰。但我同样知道弄潮人岂容易弄哉？老派人有老派人的坚持，但想到自己是老派人的同时，也就意味着主动放弃了那个喧嚣的社会。

以生命价值论，绿茶是对的：不要轻言放弃，尽最大努力跟上新时代，用人们熟悉的社交方式来表达亘古不变的话题。无论纸本书的未来是怎样的，但人们对知识的渴求是没有止境的，行大礼不拘小节，要用人们喜欢的方式来宣传有价值的好书。人人皆知良药苦口利于病，但没人喜欢没苦硬吃。所以我认为绿茶用新方法宣传经典爱书思想，有如包裹在苦药外的糖衣，治病是目的，那何不用一种让更多人喜欢的方式，让人们愉快地吃药呢？

某次聚会，一帮朋友聊到了彼此相识的"第一次"。我自负于记忆力，向绿茶讲到第一次与他见面时的时间、地点、周围环境及旁证者。但茶兄却跟我说，这个记忆不准确，他讲到了二十余年前我在北京鲁迅博物馆与几位朋友共同举办的藏书展，那时他供职于某报书评版，故对那次展览做了相应报道。从那时起，无论工作怎样变化，他始终未脱离书评人本色，而这正是我说的绿茶先生的坚持之一。

不知从何时开始，各种好书榜风行起来，尽管视角不同，但在纸本书日益艰难的时刻，有各种榜单的存在，能增加好书曝光率，使得一些好书不至于蒙尘。茶兄主持和参加了许多好书评审会。

某次，我在书评会上目睹了他的发言，他慷慨陈词，热情饱满，当仁不让地讲述某本书必须入选的理由。那种气势，一反他平时的谦逊之姿，他希望能说服其他评委，以便让他中意的好书入选。书评人应当谦逊吗？我不知道，但却感动于茶兄对好书的一片诚心。

茶兄是典型的头脑快过笔头，他愿意说，却不愿意把他的感受行诸笔端，但讨债之人岂能让他用"拖拉机"一词逃过，在各种催促下，只能勉为其难地写出一些书评或笔记。或许是慢工出细活吧，茶兄的书评确实有独特韵味。或许是他本人也有这份自信，故本书在排序上，将这些书评列在了最前面。其实书评之文很难写好，尤其在起题目的时候会有固定模式，但绿茶却能别出新意地给每篇书评起一个完全不像书评的名称，这会不会也是他糖衣裹药的伎俩？

细读这些书评，能够感受到绿茶的观察与思考，他总能抓住书中的要点，以此展延开来阐述自己的看法，有些看法甚至超过了原书的思索范围。可见他在某种程度上不认可"疏不破注"的古老传统，去除掉各种框框的束缚，让读者真正明白某书的价值在哪里，哪怕原著是不完美的，但它能令人思索。或许绿茶想用他的这种撰写方式，启迪读者能够深度性地训练出有逻辑性的读书模式。读者会认可他的良苦用心吗？我在这里为他的新作写序，当然要斩钉截铁地说"是的"。

大多数好书评审会都是线下举办，只有这样才能让评委们碰撞出火花。绿茶很享受与人争辩时产生的快感，他明确地说，每次为了书的聚会，都能令其兴奋。然出于各种原因，有的评选不做了，还有的一些转为了线上。绿茶总能走到资讯的最前沿，他立即邀请几位好友组成了自己的"绿茶书情好书榜"九人评委团。自此之后，绿茶书情每月推出一篇阅读好书榜，每期精选出30部好书，一年就选出了360本。此后他从中精选出100本，再加上评委们的增补，定为108本年度基本书单。他在网上会发起第一轮投票，而后选出39本好书，最后，召开线下终评会。

从模式上说，大多数好书评审会都采用这种形式，完全老套之事不是绿茶的风格，他的评审会有了新规则：现场评委每人只能拿出一种自己最钟情的好书，于是就有了9本好书，之后集体以举手表决的形式再选出一种，合在一起，选出"绿茶书情年度十大好书"。

在整个评选过程中，绿茶不断在线上发布相关情况及视频，吸引了很多爱书人围观，同时也引起了相关出版社的关注。他的评选活动把作者、读者与出版社有机地结合在一起，使得三方面都积极参与到这场活动中，这对好书的宣传起到了极大的推动作用。

某次，我问他是如何想出这些奇妙方式的，他是怎么跟我解释的，我想不起来原话了，但他那神秘的一笑却让我印象深刻。总之，评书这件事交给绿茶就好了，不要问为什么，他绝不会让你失望。

绿茶的第二大坚持是画书房，我不知是什么起因使得他有了这个爱好。我多次目睹他画书房的过程，他标志性地�’起自己的嘴，有时睁大有时眯起眼睛，在寻找书房的特色以及画书房的角度。他会拿出一大堆彩色笔，在特种纸上认真地勾勒着，不一会儿那间书房就由三维变成了二维，当然用今人的语言来说，他呈现出来了二次元。某次，我很认真地跟他说，你画出的颜色跟原物不同啊。他认真地看了我一眼："这是我心中书房的颜色。"这就没办法讨论了，张先所说的心中事，眼中泪，意中人，哪一种不是主观的，当然你说这是客观也行。

绿茶有他的客观，在某种程度上，他的客观有时会超越作者，比如，他从我的书中统计出在几年的时间内我参加了哪些场活动，哪些活动让我产生了哪几篇文章，这些文章分别归在了哪个专题内。我读到这些数据时，也会定神地想，他费了多少事才做出这样一个统计表，他对书友的认真令我感动。

当然，绿茶对爱书人的关注要广泛得多，本书中专有一章写书友，他以个人视角来描绘几位书友的所作所为。这些描绘介于客观与主观之间，他描绘过的几位熟人我都认识，我会把我自己脑海中的印象与他文字中的人物进行比照，看看有多少能够叠合的成分，同时我也能够了解到绿茶是如何来观察朋友的，哪些不经意的举措被他捕捉到后做出了别样的解读。

绿茶先生的这部新作仍然是百变不离书字，他从书债写起，接下来写到了他走入的书房，以及他在书评会上的所看所想，最终写到了他所熟识的书友。他从书里写到了书外，每一节都是爱书人喜欢的内容，怎么还要坚持说只是在"书中小站片刻"呢？我建议他下一本书的书名应该改为"从书里走到书外"，当然，我知道这个书名很呆，他一定会想出更让人喜欢的书名。

2024 年 12 月 25 日于芷兰斋

目录

跋

山为琳名书千卷以

二西与藏书视为一同，

老二西堂创立于明中叶，

盛于清光绪年间，坐

落于北京琉璃厂，以经营

四书五经、笔墨文具为主。

吾大学期间海淀图书城

亦有一家"二西堂书店"，

即占有很多

美好的淘书往事。

如今时局，真希望有此"二西"，以供栖逃，不问世事。

绿茶 壬寅冬月初五

始皇暴政，焚书坑儒

时人运书藏匿于大小

大雨山

书藏二酉

书砦

　　砦读 zhài，也可理解为书债，大多为欠下的书债，有些是媒体书债，有些是作者书债。对我这样的"拖拉机"而言，始终欠一屁股债，偶尔还二三笔。

中古门阀士族谱系

——读毛汉光《中国中古社会史论》

中古，是西方史学的断代概念，也就是中世纪，约指公元五世纪后期到十五世纪中期。而中国的断代原则是按朝代分，我们从小就背"朝代表"，虽然背得滚瓜烂熟，但具体到一些特殊历史时期，朝代的断法会让人陷入无穷无尽的混乱，比如魏晋南北朝、五代十国等分裂时期。

显然，朝代史的断法无法涵盖历史的整体面貌，我们的"朝代表"也是西晋、东晋、宋、齐、梁、陈、隋、唐这样下来。这个弯拐得更是莫名其妙，自然就忽略了北朝的北魏、东魏、西魏、北齐、北周，而隋唐实际上是接续北朝系统而来的，隋文帝杨坚代周自立，再灭了南朝陈，结束了近四百年分裂割据，回归大一统帝国。

中国的中古史，时间范围从魏晋南北朝到隋唐共计七百多年，具体的起止时间不同的学者看法不一。毛汉光先生在《中国中古社会史论》中，研究时段确定为东汉献帝建安元年（196）至唐昭宗天祐四年（907）。

中古是门阀士族社会，铁打的士族，流水的皇权。统治者为了稳固政权，通常与士族和地方豪族分享权力。在漫长的七百多年间，不管政权怎么更替，强盛的通世大族则延绵不绝，始终保有其政治地位和家族声望。

其中十七姓二十家最为旺盛，即京兆韦氏、开封郑氏、弘农杨氏、博陵崔氏、赵郡崔氏、赵郡李氏、陇西李氏、太原王氏、琅琊王氏、范阳卢氏、渤海高氏、河东裴氏、彭城刘氏、河东柳氏、京兆杜氏、兰陵萧氏、河东薛氏、吴兴沈氏、吴郡陆氏、陈郡袁氏。

永嘉之乱，晋室南渡，晋元帝司马睿在大士族拥簇下占据半壁江山。距离南方较近的士族举宗南迁，成为东晋政权的支柱，如琅琊王氏、兰陵萧氏、陈郡袁氏、陈郡谢氏、沛国桓氏、颍川荀氏、平阳羊氏、汝南周氏、阳翟褚氏、陈留阮氏、济阳江氏、陈郡殷氏等。

南迁的士族属连根拔起，丧失了原籍的势力和后盾，只得和执政者形成利益共同体，以获得更高政治权力，并且在京师附近营建新的庄园，让家族势力在南方扎根。然而，这些侨姓士族与南方的吴姓士族难免会发生冲突和权力之争。强盛的士族自然有其强大的适应能力和改变环境的能力。在政治秩序统和下，侨姓士族和吴姓士族逐渐找到政治平衡点，大家共享权力，共同稳固南方政权。

而距离南方较远的士族大多在原籍谋求自保和发展，如清河崔氏、博陵崔氏、赵郡李氏、陇西李氏、范阳卢氏、渤海高氏、河东薛氏、京兆杜氏等。其中有一部分房支也随晋室南渡，形成南北二支齐头并进的发展趋势，如京兆韦氏、太原王氏、闻喜裴氏、解县柳氏等。

留在北方的士族，面对外来政权和紊乱的政局，只好聚坞集堡以自卫，成就其坚毅的生存能力。在鲜卑拓跋氏统一北方建立北魏后，广大区域的北朝士族成为北魏政权必须面对和笼络的重要力量。拓跋魏吸收北方汉姓士族加入政权，作为社会领袖的士族转而成为政治领袖，并且对北魏汉化起着关键作用。

北朝系统最后统一中国，建立隋唐帝国，奠定了北方士族在统治阶层中占有较优势的地位。清河崔氏、博陵崔氏、赵郡李氏、陇西李氏、范阳卢氏、渤海高氏、京兆杜氏、河东薛氏等十五家士族占据着隋唐三百余年主要的角色，子孙有着很高的品阶和任官率。

门第有高低之分，在北方士族中，崔、卢、李为三大第一高门。而其中崔氏和李氏各有两支，崔氏，一为博陵崔氏，一为清河崔氏；李氏，一为陇西李氏，一为赵郡李氏。

二崔一直为各自门第高低争论不休。从北魏到北齐，清河崔氏声望更隆，崔玄伯、崔浩一支更是凭借巨大的政治影响力稳居高门榜首。《北齐书·崔㥄传》：㥄每以籍地自矜，谓卢元明曰："天下盛门，唯我与尔，博崔、赵李，何事者哉！"

而到了唐代《贞观氏族志》，高士廉在评定族望高下时，列崔干为第一。而崔干来自博陵崔氏第二房。虽然唐太宗不同意，最终将李唐皇族列为第一，外戚列为第二，崔干列为第三，但崔干还是士族里的第一。有唐一代，博陵崔氏一直是士大夫心目中的头号望族。

二李之间似乎没有门第高低之争，陇西李氏应该略胜一筹。《新唐书·高俭传》载："先是，后魏太和中，定四海望族，以（陇西李）宝等为冠。"从北魏李宝开始，陇西李氏一直属于高第族望，《魏书·李宝传》载："有六子：承、茂、辅、佐、公业、冲。"其中，李冲名望和官位（尚书左仆射）最高，为孝文帝元宏时期重臣。到了唐代，《贞观氏族志》以皇族为第一，而李唐皇族又自称出自陇西李氏，所以，陇西李氏在有唐一代位列第一高门自然就没有人反对了。

兴盛于南朝的陈郡谢氏、吴郡张氏、沛国桓氏、颍川荀氏等，在隋唐两朝少有出色人物。唯有琅琊王氏和齐梁帝室兰陵萧氏稍为幸运，可与北方士族媲美。毛汉光先生在书中对琅琊王氏和兰陵萧氏做了个案研究。

琅琊王氏起于西汉武帝、昭帝时期的王吉，官至谏议大夫。但真正成长为大族，则要到汉末，王仁第一代，王融第二代，王祥第三代。到王祥时，位列曹魏时期三公，从此，琅琊王氏真正跻身大族。从汉末到唐亡，七百余年，琅琊王氏历二十三代。到东晋时期第五代的王导、王敦，达到王氏政治和社会地位的高峰，第六代至第十二代，每代均有十几位王氏子弟官居上品。这是琅琊王氏的高光时刻。第十三代之后进入隋唐，逐代下降，到第二十二、二十三代只有少数几人入仕居下品官。

兰陵萧氏，齐梁帝室。梁武帝萧衍在位四十八年，昭明太子萧统先于其父而卒，年仅三十一岁。梁武帝卒后，三子萧纲继位，是为简文帝，而昭明太子之子未能入继大统，导致昭明太子后裔流入北朝，开创了兰陵萧氏在隋唐政权中的地位。

六朝琅邪王氏世系简表

(只收与本书相关的主要人物及其承传关系)

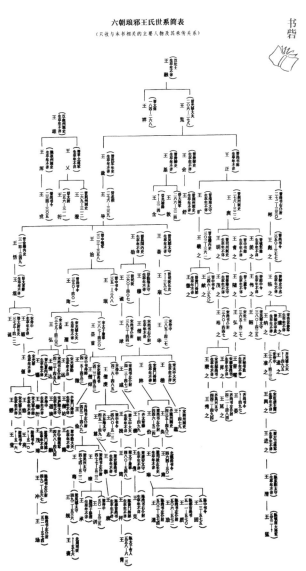

图片选自：《簪缨世家：六朝琅玡王氏传奇》萧华荣　著

昭明太子有五子：欢、誉、詧、譬、𧬤，因未能入继大统，昭明子孙与梁政权决裂，在北朝西魏宇文氏支持下，三子萧詧一支在梁政权军民中一直有着重要影响力，尤其在襄阳、荆州一带。并且他在江陵建立后梁，附庸于西魏政权。从萧詧到萧岿、萧琮祖孙三代，历国三十三年。

萧詧一系跟杨隋政权渊源更深，萧岿女成为时为晋王的杨广王妃。隋炀帝杨广继位后，萧王妃成为萧皇后，萧氏一族成了外戚。入唐以后，萧岿子瑀、珣这两支最为兴旺，子孙在唐拜相者有八人。

昭明太子虽然未能登基，但其子孙在南朝和北朝以及隋唐帝国，都有着强大的影响力，兰陵萧氏虽然不是第一梯队的望族，但持续几百年的强盛，在中古士族中也是不多见的，即便像崔、卢、李三族和琅琊王氏，到中唐以后都没落了，而兰陵萧氏终唐一代，一直旺盛。《新唐书·萧瑀传》载："梁萧氏兴江左，实有功在民，厥终无大恶，以寖微而亡，故余祉及其后裔。自瑀逮遘，凡八叶宰相，名德相望，与唐盛衰。世家之盛，古未有也。"

中古门阀士族，每一族打开都是厚厚的家族谱系，而这些大族开枝散叶，族人更是遍及中国各个角落，虽然起落不一，但魏晋至唐末七百余年的大族谱系，大致是有迹可循的。因为他们是中古史的绝对主角，历史也是由他们书写的。

让我意外的是，在历史长河中似乎戛然而止的士族社会，在当今时代还有迹可循。过年期间，在老家参加我妈妈家族的宗族活动，表哥的孩子"成年礼"，宗族有"插花酒"仪式，亲戚朋友都可以到祠堂喝上一杯。规模宏大的"李氏大宗"祠堂内，摆着几百桌酒席，我站在二楼高台上，俯瞰人们在亲情和友情中欢声、畅饮，真有一股"通古今之变"的感慨。

在祠堂一角看到"重建宗祠碑序"，序文言："吾族李氏为陇西郡右族，源出伊侯其孝公五世裔孙讳必果公遭五季干戈之乱，弃官携眷由闽中赤岸避地于温之昆阳圹川西山，为之始祖也……"

陇西李氏，跨越千山万水，隔着 1800 多年，在东南沿海，子孙们延续着祖先的香火。我妈妈来自遥远的陇西李氏，这么说来，我身上是不是也有着一点稀释了千年的陇西血脉呢？

2024 年 4 月 8 日 中关村

北魏之窗

——读罗新《漫长的余生》

1923年阴历三月，洛阳城东山岭头村东南五里小冢，出土了一块《魏故比丘尼慈庆墓志铭》志石。后拓片流传，北图购得一份，收入赵万里的《汉魏南北朝墓志集释》。这位女尼慈庆就是罗新《漫长的余生》中记录的北魏宫女王钟儿。

这篇墓志不长，全文649字，出自孝明帝朝重要笔杆子，中书舍人常景之手。为什么孝明帝元诩如何厚待慈庆，命给皇帝起草诏令的中书舍人为老尼慈庆撰写墓志铭？元诩立为太子时才三岁，父亲宣武帝元恪是个敏感而猜忌的人，只敢起用自己真正信任的曾经抚育过他的老尼慈庆，组建傅母团队抚育太子，此时慈庆已经七十多岁。可以说，如果没有慈庆团队的悉心照料和抚育，太子元诩能否长大并最终继位犹未可知。

王钟儿（慈庆）在成为宫女之前，是南朝宋一位中下层官僚家庭的女子，嫁给同等级官员杨兴宗。王钟儿的父亲王虔象是郡守，丈夫杨兴宗是州主簿，两家可以说门当户对。杨兴宗家住汝南郡悬瓠城，这里是刘宋的边塞，有着极重要的战略意义，可谓是宋魏必争之地。

婚后过了短短几年平静的生活，王钟儿和成千上万无辜的军民人家，一起被卷入残酷的南北战争，最后南朝兵败，悬瓠城落入北魏手中，王钟儿被掳往平城，成为北魏奚官奴婢。此时，她已经三十岁。入平城宫时，献文帝拓跋弘年方十五，已在位三年，大权握在二十多岁的冯太后手里。此时，皇子拓跋宏刚刚一岁，又过了一年多，拓跋宏被立为皇太子。在冯太后的笼罩下，献文帝这皇帝当得很憋气，年仅十八岁就不想当了，将皇位禅让给年仅五岁的太子拓跋宏，是为孝文帝。

北魏自开国君主拓跋珪开始，实行"子贵母死"制度，也就是谁被立为太子，他母亲就要被处死。这样做是为了避免与皇帝生母皇太后分享权力。道武帝决定立拓跋嗣为太子时，就杀了他的生母刘贵人。拓跋嗣悲念母亲，惹怒了道武帝，只好出逃。随即次子拓跋绍成为可能的继承人，道武帝于是也想杀掉他生母贺夫人，逼得拓跋绍抢先下手杀了父亲拓跋珪，一代开国之君就这样死在自己儿子手中。

而"子贵母死"成为制度性选择后，又带来新的问题。像文明太后冯氏，在成为皇后，进而成为皇太后、太皇太后，并且培养着自己的接班人，她与献文帝、孝文帝都没有血缘关系，但她充分利用了"子贵母死"这个武器，维系着冯氏集团在北魏宫廷的地位。

孝文帝元宏无疑是北魏一代雄主，他自然不想让"子贵母死"继续下去，但他也没有能力阻止冯太皇太后把"子贵母死"实施在自己长子拓跋恂身上，甚至拓跋恂刚一出生，母亲林氏就被处死了。他反抗过，没有成功，最后和冯太皇太后达成妥协，"子贵母死"仅限于皇长子，不得加害其他皇子的母亲。

文明太后冯氏过世后，她培养的接班人冯氏姐妹（大冯和小冯）先后成为孝文帝皇后，二冯夺宫废储又是一段隐秘而复杂的宫廷暗斗。在大冯一系列不动声色的运作后，小冯废后为尼，太子拓跋恂废黜并死。皇位继承人意外地落到了二子元恪头上，元恪就是后来继位的宣武帝。元恪的母亲高照容怀孕时，王钟儿已经是北魏平城宫里的老宫女了，被安排照顾这对母子，之后十几年一直跟着高氏，建立起很好的主仆关系。

孝文帝太和十九年（495）九月庚午，孝文帝诏令迁都洛阳。关于孝文帝迁都历来有各种说法，比如说出于汉化改革需要；出于对南朝作战需要；又或者说平城地理位置不再适应扩张的北魏帝国等等。罗新老师认为，孝文帝想离开冯太皇太后在平城的巨大阴影应该也是重要的隐形原因之一。

迁都洛阳对于孝文帝一系列改革，以及皇权控制力无疑有着巨大的作用，他的全面汉化，甚至改拓跋姓为元姓等举措，无疑让汉人士族看到他的决心，进而愿意为北魏宫廷服务。加上跟随南迁的鲜卑士族地位的提升，孝文帝的雄心在迁都洛阳后无疑是迎来了高峰。

尽管此时元恪已经十四岁了，但在皇后大冯心中，还是坚决要执行"子贵母死"。她选择南迁的时机，在路上神不知鬼不觉地谋杀了高照容。跟着高照容的王钟儿，看到这样的悲剧在她身边发生，一定是非常绝望的，她只好选择出家为尼，法名慈庆，她想就此了却余生。

而大冯的高光时刻也没维系多久，很快孝文帝就发现了大冯的各种阴谋。这让一向以英明神武自居的孝文帝出离愤怒，虽然没有废后，但实际上把大冯软禁了起来。太和二十三年（499）四月丙午，孝文帝元宏去世，死前两天做了一系列重大决定，其中包括"诏赐皇后冯氏死"。二子元恪继位，是为宣武帝。

元恪十四岁时母亲因"子贵母死"被害，自然更痛恨这项传统。亲政后，他重用母亲高家族人，信任东宫时的旧人。尤其皇子元诩出生后，他既不信任自己的皇后高氏，也不信任元诩生母胡氏，把皇子和她们完全隔离。找到已有七十一高龄、曾经抚育过自己的老尼慈庆，组成傅母团队。这个团队由慈庆从宫外找的良人组成。即使太子团队中最重要的太子詹事，都没太多机会和太子接触。慈庆傅母团队对于孝明帝的成长无疑是起着决定性作用的。

正光五年（524）五月七日，慈庆在昭仪寺去世，走完她漫长的八十六年，其中有五十六年"漫长的余生"是在北魏宫廷里度过的。她历经献文帝、孝文帝、宣武帝和孝明帝四朝，并亲自抚养过宣武帝和孝明帝。慈庆病重时，孝明帝专程来昭仪寺探望。"迁神"后一日，孝明帝指示后事，追赠慈庆女尼最高官职比丘尼统，"乃命史臣作铭志之"。这高规格的后事和这方墓志，让罗新老师大感兴趣，并铺陈开来，生动而鲜活地讲述了北魏中后期献文、孝文、宣武和孝明四帝时期的北魏历史。

同样这一年，孝文帝迁都埋下的"六镇"问题开始浮现。"六镇之乱"让北魏陷入无穷无尽的战乱，民不聊生，最终让北魏政权走向分裂。《漫长的余生》书中最后"余音"部分提到一个人叫高欢。他当时只是六镇之一的怀朔镇负责送文件的小军官，正在洛阳出差。谁也想不到，他后来在乱局中崛起，成为一股重要的军事力量，立元善见为孝静帝，迁都于邺，是为东魏。拓跋鲜卑另一部势力宇文泰立元宝炬为魏文帝，建都长安，是为西魏。不过，这已经不是慈庆（王钟儿）所处的时代了。

这几年，读过几本南北朝历史的书，像日本学者川胜义雄的《魏晋南北朝》、陈正祥的《草原帝国》、李硕的《南北战争三百年》等。但对北魏的历史始终没有留下深刻印象。罗新老师这部《漫长的余生》，虽然只写了北魏一百四十八年国史中的三分之一，却为我打开了北魏历史一扇不常开的窗户。从这里望过去，既可以看到帝王、帝后、王公、大臣们在你争我夺，死去活来；也可看到宫女、太监、奴婢、尼姑、良人们过着"漫长的余生"，而这些被忽视、泯灭的的个体，却是历史最有血有肉的部分，让人共情，共鸣。

2023 年 1 月 6 日 豆各庄

白居易：写诗·编集·痴恋·造园

读周文翰的《白居易传》，看到的白居易一生，一以贯之有几件事：写诗、编集、痴恋、造园。

唐代宗大历七年（772）正月十二日，白居易生于新郑县城。父亲白季庚给他取名"居易"，典出《礼记·中庸》"君子居易以俟命"，希望他安于现状等待天命。毕竟生于官宦之家，有躺平的资本。成年后又命字"乐天"，典出《周易·系辞上》"乐天知命，故不忧"，还是那个意思，让他保持一颗平常心。纵观白居易一生，似乎没能摆脱人之常情，也无法像他父亲希望的那样"居易俟命""乐天知命"，而是在痴恋中酸苦，在离散中忧伤，在仕途上沉浮，在园林中寻求解脱。晚年回想一生，遗憾重重：忘不了的初恋；够不着的相位；没养大的儿子；带不走的园林。

一、写诗六十年

白家虽不算高官门第，但做县令的父亲在新郑这样的小县城也算上层人士，白居易和小他四岁的弟弟白行简都能接受很好的教育，九岁便学会了作诗的声韵，如一般士人子弟一样，在私塾学诗赋、做文章，为将来参加科考做准备。

十一岁时，河南大乱，家人安排他到江南越中县城生活。一晃很多年过去，白居易在江南水土滋养下，出落为身行清瘦的翩翩少年，因远离亲人，在思念的情绪中写了一首《江南送北客因凭寄徐州兄弟书（时年十五岁）》：

> 故园望断欲何如，楚水吴山万里余。
>
> 今日因君访兄弟，数行乡泪一封书。

这应该是白居易诗歌习作的开始，少年时饱满的情绪在诗歌中流露，真挚而情伤。自此开始到七十五岁过世，白居易写了足足六十年诗，共有三千八百四十首诗，可谓"为诗歌的一生"。

白居易的仕途不算顺利，但也没那么坎坷，从贞元十六年（800）二十九岁时考中进士，贞元十八年任正九品上秘书省校书郎算起，近四十年的仕途生涯，稳步起落，最终在会昌二年（842）七十一岁，以正三品刑部尚书致仕。

让他遗憾的是，当年同为翰林学士的李程、王涯、裴垍、李绛、崔群等五人先后当过宰相，只有他始终没能拜相。然而在他那个时代，白居易诗名满天下，也算另一个层面的安慰。他有明确的"作家意识"，也把诗歌当作自己最大的成就。并且有意识保留、出版和传抄自己的诗集，分藏寺庙和亲友处，希望有更多机会传扬下去，不至于在历史风波中散失亡佚。

二、编集七十五卷

早在元和十年（815）春，白居易在长安任太子左赞善大夫。这是正五品上的闲官，门庭冷落，难得有此好时光，他整理了自己八百首诗，编为十五卷。

长庆四年（824），五十三岁的白居易结束杭州刺史任期，回到洛阳闲居，又有时间整理自己的诗稿了，他把整理好的诗稿寄给老友元稹，请他代为编辑成册。很快，元稹把诗稿编辑为五十卷的《白氏长庆集》并作序，存诗两千一百九十一首。

大和九年（835），白居易想起来自己在洛阳已经闲居十年了，于是在元稹帮忙编辑的五十卷《白氏长庆集》基础上，把近些年的诗作新编了十卷，并改诗集名为《白氏文集》，共六十卷，计收两千九百六十四篇诗文。并请人抄写一份送往庐山东林寺保存，在信中叮嘱"不借外客，不出寺门"。

开成元年（836）一天晚上，斜月当空，望着梧桐树的影子，白居易再次想起故去的亲友，一夜未眠，天快亮时写下一首《夜坐》：

> 斜月入前楹，迢迢夜坐情。
> 梧桐上阶影，蟋蟀近床声。
> 曙傍窗间至，秋从簟上生。
> 感时因忆事，不寝到鸡鸣。

那个"孤直"的青年的过往和现在，那些亲人、情人和友人大都已故去，只剩下一个寂寞的老人在孤夜独坐。

唯有编诗集能打发这寂寞时光，他又把近来的诗文编辑成五卷，和《白氏文集》合为六十五卷，共计三千二百五十五篇。并亲自抄写一份送给洛阳圣善寺钵塔院律库保存。

开成四年（839）初，继续迭代《白氏文集》，把近三年的诗文编成两卷，列入"后集"中，这样，《白氏文集》就是前集五十卷，后集十七卷，共六十七卷，存诗文三千四百八十七篇，请人抄了三份，分送洛阳圣善寺钵塔院律库、庐山东林寺和苏州南禅院千佛堂保存。

开成五年（840），他在洛阳香山寺住了一段时间，闲来无事时，他把自己自大和三年（829）到洛阳以来十二年间写的八百首诗歌编辑成《白氏洛中集》十卷，抄写一部留在香山寺保存。

会昌五年（845），七十四岁的白居易身体越发虚弱，自知时日无多，把自己的诗文最后编订为七十五卷，作了一篇《白氏集后记》，详细叙述自己诗文集编订和保存情况："白氏前著《长庆集》五十卷，元微之为序；后集二十卷，自为序；今又续后集五卷，自为记。前后其十五卷，诗笔大小凡三千八百四十首。集有五本：一本在庐山东林寺经藏院；一本在苏州南禅寺经藏内；一本在东都圣善寺钵塔院律库楼；一本付侄龟郎；

一本付外孙谈阁童。各藏于家，传于后。其日本、新罗诸国及两京人家传经者，不在此记。"

三、痴恋一辈子

贞元六年（790），白居易十九岁。父亲命他回符离田庄，学习诗赋、对策，准备参加徐州的"解试"。在沉闷的备考期，最让白居易兴奋的是，认识了十五岁的邻家少女湘灵，在情窦初开的年纪，少年白居易心中，她犹如天仙、莲花般美丽，悄悄作了一首《邻女》赠给她：

> 婷婷十五胜天仙，白日嫦娥旱地莲。
>
> 何处闲教鹦鹉语，碧纱窗下绣床前。

湘灵虽出身低微，属贱人子弟，但也识字，懂得诗中传递的情意。也是情窦初开年纪的她，对邻家少年郎也芳心萌动。俩人你情我愿，开启了沉醉的少年恋情。正是这场懵懂的恋情，痴缠了白居易和湘灵一生。

然而，家庭背景的悬殊注定了这场恋情有始无终。白居易的母亲和族人无论如何都不同意白居易娶湘灵，他们只好偷偷私会。尽管两家家人都看得很紧，但对于热恋中的少男少女，总会想尽一切可能黏在一起。湘灵不时深夜潜入白家，天蒙蒙亮离去，被窝中迷人的少女香气，留给白居易久久回味，《春眠》就写于湘灵离开后的回味：

> 枕低被暖身安稳，日照房门帐未开。
>
> 还有少年春气味，时时暂到梦中来。

这种偷偷摸摸的恋情紧张而刺激，但两个人心里都清楚，想要长相厮守几乎比登天还难。转眼五六年过去了，湘灵都二十出头了，面临越来越大的出嫁压力。白居易也不得不面临父亲去世后，自己的未来规划，他没能通过徐州的"解试"，决定去河南府试试。

他当然割舍不下湘灵，但也意识到如果自己不离开，会耽误湘灵，她已经二十二岁了，对婚嫁而言已经晚了。然而，在路上，白居易疯狂地想湘灵，只能借助诗歌表达对湘灵的爱恋和思念。在溧水备考之余，备受相思之苦，夜夜辗转难眠，写了一首《长相思》，记录这段持续了八年的恋情：

九月西风兴，月冷霜华凝。

思君秋夜长，一夜魂九升。

二月东风来，草坼花心开。

思君春日迟，一日肠九回。

妾住洛桥北，君住洛桥南。

十五即相识，今年二十三。

有如女萝草，生在松之侧。

蔓短枝苦高，萦回上不得。

人言人有愿，愿至天必成。

愿作远方兽，步步比肩行。

愿作深山木，枝枝连理生。

　　贞元十六年（800），二十九岁的白居易终于考中进士。这一榜共录取十七人，白居易居第四，而且是这榜中年纪最小的进士。中了进士就会有很多官宦人家上门提亲，而白居易的心，还牵挂着远在符离的湘灵，他最想和湘灵分享他的喜悦。

　　回洛阳跟母亲报喜后，白居易到符离田庄住了一段时间，此时湘灵已经嫁人。离开符离时，湘灵终于寻得机会到南浦给他送行。在船上，遥遥望着码头上人影越来越小，他心潮起伏，写了一首《生离别》，向湘灵诉说衷肠，感叹为这段感情饱经忧伤：

…… ……

生离别，生离别，忧从中来无断绝。

忧极心劳血气衰，未年三十生白发。

贞元二十年（804），白居易又一次回符离处理田庄事宜，临走时又偷偷和湘灵见了一面。离别后，他心绪起复，写了一首《潜别离》：

不得哭，潜别离。

不得语，暗相思。

两心之外无人知。

深笼夜锁独栖鸟，利剑春断连理枝。

河水虽浊有清日，乌头虽黑有白时。

唯有潜离与暗别，彼此甘心无后期。

两人都把这次离别作为最后一面。这段漫长又无奈的恋情，深深影响了白居易的情感世界，甚至影响了他那种幽婉多情的诗歌风格。

元和三年（808），白居易已经三十七岁了，身为翰林学士，始终没有成家，自知该考虑婚姻的时候了。友人杨虞卿介绍了二十四岁的从妹杨氏给他。他最真挚的爱永远留在了符离，此时结婚，就是履行作为儿子和士人，应该完成的传宗接代的使命。

往后的日子，白居易还不时想念湘灵，不时为她写深情的诗。晚年的时候，白居易和湘灵曾在路途中偶遇。时过境迁，他也只能以一首《逢旧》表达对往事的回首：

我梳白发添新恨，君扫青蛾减旧容。

应被傍人怪惆怅，少年离别老相逢。

四、造园到终老

白居易一生，历经德宗、顺宗、宪宗、穆宗、敬宗、文宗、武宗七位皇帝，尽管没能拜相，也做到了从二品的太子少傅、分司东都这样的高官。虽没有显赫的政绩，但他是那个时代最著名的诗人，有"诗王""诗魔"

的美誉，后又被唐宣宗称为"诗仙"。说他是成功人士，人生赢家，应该合情合理。

他一生长住过十几个地方，每个地方都有他自己的造园实验。可以说，他痴迷于造园，享受园林带给他的安全感和诗意，有时候也是一种政治逃避和情感安慰。

他是一个亲力亲为的造园者，亲自设计和改造的园林有七座，一处是租住的常乐坊"竹园"，一处是新昌坊"松树庭院"，这两处因为是租住，只稍做了改造。其他五处则是私宅，是他真正的造园理想国。分别是：长安远郊区的渭村旧居、江州的庐山草堂、长安新昌坊私宅、轩平坊私宅，以及晚年在洛阳履道里的大宅。

贞元十九年（803），白居易中进士三年后，终于被任命为从九品上的秘书省校书郎，负责校订典籍，每月有一万六千钱俸禄。父亲去世后，白家过了十几年紧日子，现在终于授官了，他的薪俸比在浮梁县当主簿的兄长高，从此成为家里的顶梁柱。

他租了长安常乐坊一处小宅院，这是六年前故去的宰相关播的园林"东亭"的一部分。关宰相故去后，家人无力维护这么大的园林，便把园林拆分成若干小园林，租给年轻的官员和士人。

小院里有几十根竹子，因荒废已久，杂草丛生，爱好园林的白居易便和仆人一起清理杂草，平整土壤。这一丛青葱的竹子让小院有了灵气，他常在竹林下与友人饮酒、闲话。白居易还在竹林亭子的壁上题写《养竹记》，讲述自己从养竹中想到的道理，寄托的情思。

　　贞元二十年（804），为了和母亲、弟弟团聚，白居易拿出剩余的俸禄，在距离长安百里之遥的金氏村买下一处田庄，有几百亩地，白居易称之为渭村旧居，这是他的第一处私宅。因为他校书郎的工作是个闲职，每月去两三回就行，一般就在田庄住着。田庄里有"新屋五六间，古槐八九树"，不过他觉得田庄没什么风光，于是在东侧修建一个观景亭"东亭"，在周围种下柳树、桃树、青槐等，并写诗《新构亭台示诸弟侄》向亲人汇报自己构建的园林景观。

　　元和三年（808），白居易为了迎娶夫人，在长安城新昌坊租了一处小宅院。因为房租较低，这处院落并不如意，白居易在《题新昌所居》中形容："院窄难栽竹，墙高不见山。"但好歹有了自己的小家庭，有了自己的书斋，他命小书斋为"松斋"，里面摆着喜欢弹的琴和喜欢读的书。

元和十年（815）八月，白居易被贬为江州司马，当天离京。在经历一段时间情绪低落和孤寂后，白居易慢慢适应了谪居生活，远离朝堂纷争，有了更多时间读书、写诗、游览、修禅。一日，登庐山香炉峰，见北麓山脚遗爱寺西侧一处空地，适合建别业，他便买下此处，开始筹谋自己的"草堂"别业。

经过几个月的营建，草堂建成，因位于庐山脚下遗爱寺，他称其为"庐山草堂"或"遗爱草堂"。此后，妻子和一大家人住在官舍，自己带着几个仆从独居草堂，两地往返。他在《重题》一诗中记述了自己的草堂生活：

长松树下小溪头，班鹿胎巾白布裘。

药圃茶园为产业，野麋林鹤是交游。

云生涧户衣裳润，岚隐山厨火烛幽。

最爱一泉新引得，清泠屈曲绕阶流。

这处别业是他全程购地并设计、修建的，是他独立实现的第一个园林实验。

元和十五年（820），重回长安，出任从六品上刑部司门员外郎，此时他已是名满天下的"白才子"。为了安顿一家二十多口人，他在新昌坊买了一处两进的院落。以前在新昌坊租住过，对这一带比较习惯，妻子的父母兄弟也住这边，便于妻子回娘家。从贞元十五年进京赶考算起，努力了二十二年，终于在长安城有了自己的私宅。

再次回京，白居易不再像年轻时那么刚直了，对朝中人、事多了自己的判断，在刚柔之间独善其身，对朝堂之争也觉得索然无味，索性把精力投入到改造新昌坊庭院之中。他喜欢用白沙铺在庭院中，白沙造景，成为白居易最典型的造园美学。他在《新居早春二月》中表达了自己在改造后的庭院中漫步的快慰：

> 静巷无来客，深居不出门。
> 铺沙盖苔面，扫雪拥松根。
> 渐暖宜闲步，初晴爱小园。
> 觅花都未有，唯觉树枝繁。

大和三年（829），白居易被任命为正三品的太子宾客、分司东都，也就是名誉性的养老闲官，但薪俸丰厚，每月七八万钱。对断断续续住了十二年的长安，白居易心情复杂。而到了晚年，白居易体会到了父亲当年给自己起名字的深意，人只有自己走到这儿，才能理解前人的寄寓。他带着家人和一千斛粟、一车书，离开长安缓缓走向洛阳，接下来的十几年，他闲居在洛阳，饮酒、作诗、会友、神伤。

洛阳履道里的大宅，是他晚年生活的主要寄托。他多次改造、修整，觉得心满意足，这处大宅院足以容身、安心、养性。

园林中有他从太湖带来的赏石、苏州带回来的白莲、杭州带回来的天竺石等，这些东西让他想起在杭州、苏州当刺史时的江南风光，那是他最惬意的为官生涯。他也保持着在江南形成的生活习惯：爱吃米饭、水葵、鱼虾等，园林中，构建的江南风情也体现了对江南的无尽思念。

白居易在洛阳的躺平生活可谓精彩，和高官们唱和吟诗、饮酒悠游、欣赏别家的园林、改造自家的园林，朝堂纷争，自己置身事外冷眼旁观，编自己的诗集，抄写分藏各处，为自己写了《醉吟先生墓志铭》，总结自己的一生：

先生姓白，名居易，字乐天……语讫命笔，自铭其墓云：

　　乐天乐天，生天地中，七十有五年。其生也，浮云然；其死也，委蜕然；来何因，去何缘。吾性不动，吾行屡迁。已焉已焉，吾安往而不可，又何足厌恋乎其间？

　　会昌六年（846）八月十四日，白居易闭上了眼睛，享年七十五岁。当世第一诗人去世的消息，在长安、洛阳传扬了好一阵。新登基的宣宗皇帝李忱听闻，赋诗一首吊"诗仙"仙逝：

　　　　缀玉联珠六十年，谁教冥路作诗仙。
　　　　浮云不系名居易，造化无为字乐天。
　　　　童子解吟长恨曲，胡儿能唱琵琶篇。
　　　　文章已满行人耳，一度思卿一怆然。

　　　　　　　　　　　　2024 年 11 月 29 日 中关村

无稽之谈及其法则

小时候住在农村，听过很多乡村里的无稽故事，有鬼故事、俗故事、怪故事，当然也有温暖的故事。但也因为听了太多鬼怪故事，给幼小的我带来很多麻烦。农村凌晨，梅雨季节，小小的我躲在大伞底下，瑟瑟发抖地走在上学路上，要经过四处"鬼出没"的地方，有时候停下来等路人经过尾随而过，有时候眼看要迟到了，只能疯跑而过。整个小学时光，都逃不开这种"鬼影"。如今，家乡已经"面目全非"，再回乡时已经找不到那四个有"鬼"的地方，但"它们"成为我心中最深刻的童年记忆之一。

这些流传于民间的故事，自有其相似性、相通性。施爱东是中国社科院民俗学家，多年从事民间故事采集和研究，这本《故事的无稽法则》探讨民间故事的各类法则，尤其专注于一些"无稽"法则的研究。

民俗学是离我们既近又远的学问，近则因为就在我们的日常生活中，尤其对于乡村中国；远则似乎是一门琢磨不透的学问，日常生活怎么变成学问，我们很难理解。我微信里跟爱东兄表达了我的困惑，爱东兄回复说："民俗学，就是挖掘和阐释民众生活的意义，用学术的力量来维护这些文化遗产的存续。我们的研究跟民众生活贴得最近，最紧。"

读完《故事的无稽法则》，深以为然。

爱东兄还说："温州的民间文化特别丰富，非物质文化遗产项目特别多，我们做民俗研究，温州是个特别重要的点。"这一点我有深切感受，始终觉得家乡这片土地有着一种独特的乡土气息，有着很商业的一面，也有很传统、保守的一面，很多民俗的文化，别的地方已经很难见到了，温州有些地方还顽固地留存着。但因为不懂，只能眼睁睁看着这些民俗在一点点消失。

先来分享书中涉及温州的一则"无稽法则"。

话说杜甫四十多岁终于谋了个小官叫"左拾遗"。这个官品阶不高，只有从八品，但想当上却是很难，隶属中书省，算谏官体系，属于皇帝近臣，干的是讽谏皇帝、举荐贤良等吃力不讨好的活儿，弄不好就得丢官。

果然，没多久杜甫就触怒了唐肃宗，于乾元元年

（758）被贬为华州司功参军。但"杜拾遗"的名头留了下来。大历五年（770）冬，杜甫病逝，年仅五十九岁。杜甫死后，各地盖了很多"拾遗庙"来纪念他。宋代以后，取消了拾遗这个官职，慢慢的老百姓就搞不清拾遗是什么了，人们以讹传讹，"杜拾遗"慢慢就变成了"杜十姨"。

南宋末年道家学者俞琰的《席上腐谈》记载：温州就有这样一座"拾遗庙"，年久失修，日渐败落之后，被当地老百姓当成了土地庙，庙里的土地婆婆，自然就是"杜十姨"了。热情好事的温州老百姓，觉得杜十姨太孤单了，于是自作主张，给她找了个老伴儿，就是附近另一个土地庙的土地公公"伍髭须"。这位伍公公是谁呢？伍子胥是也。

无独有偶，元代虞裕《谈撰》中记载：浙西有个吴风村，村里有座伍子胥庙，好心的村民翻新庙宇时，塑了一尊脸上挂着五绺长髯的"五髭须神"。村里恰好还有一座"杜拾遗祠"，村中遗老只记得庙名的读音，猜想"十姨"大概是排行第十的一位神姑，于是自作主张，为之"神婚"，将杜十姨许配给了五髭须。

难怪诗人聂绀弩作《十姨爱嫁伍髭须》：

十姨爱嫁伍髭须，千古荒唐万卷书。

庭户机声罗汉豆，海天月色美人鱼。

敲诗白日从君永，止酒桃花笑我迂。

一石未含精卫老，此生误尽闭门车。

这种"神婚"还真不是个别现象，据明代才子杨慎《丹铅余录》记载，杭州有座拾遗庙，有好事者把这位杜十姨许配给竹林七贤的酒鬼刘伶。凡此种种，"神婚法则"在各地屡见不鲜。

神与神的关系就是人与人的关系，神庙都是由人来管理的，每个神灵背后都有一个信众群体，而"神婚"则是信众与信众之间的结盟。根据信众们的需要，杜十姨可以是排名第十的女神，也可以是十个不同的女神，就看信众的需求和女神的分工。

顾颉刚先生说他曾见过一座保存完整的杜十姨庙，庙里的十位神姨各司其职，有司婚姻的、接生的、保育的、病痛的……反正人们不能让神闲着。

文人崇拜杜拾遗，奉为"诗圣"，把"杜十姨"当作乡人没文化的笑话。但在民众的信仰世界里，"杜拾遗"远没有"杜十姨"灵验，因为对于乡人而言，保安育儿才是实实在在的诉求。

民间信仰是民俗学研究很重要的一块领域，这些年出现的很多"奇葩"信仰更是让人瞠目结舌，像"他奶奶的庙""车神"（手握方向盘的神），"马神"（马云、马斯克）等。没准以后还会有"网神"（互联网神）、"UP神"（神级的UP主）等。

民间文学则是民俗研究另一大块重要领域，是生活的文学、实践的文学、公众的文学，任何一个不识字的大叔、大妈都可以参与创作的文学，凡是生活中需要的，都成为其文学功能，如祈愿功能、诅咒功能、婚姻功能、求子功能、仪式功能、市场功能等。

婚姻功能是民间文学很重要的诉求之一，拿"千里姻缘一线牵"来说，有很多民间文学都在竭尽所能的演绎，像《定婚店》《阎庚》等，都是这类故事法则的具体演绎。这种故事的设定是这样的：人间的婚姻是由阴曹地府的官员主宰的，他们用一根绳子，一头系在男人脚上，一头系在女人脚上，构成了"命中注定"的故事逻辑。

但是具体到故事中，则必须从"命中注定"挣脱出来，形成更多"反常设置"，如果只是门当户对、青梅竹马、结婚生子，就没有故事张力了。于是，各种悬念、反差都慢慢进入故事法则中，像《定婚店》后世出现无数的异文，就跟后来的反常设置"月下老人"很有关系。

月老进入故事设定后，婚姻红线就不再是"命中注定"了，而是月下老人现牵的，《定婚店》中的故事就变成了这样：

韦固乘月散步来到后花园，见一位老人背着锦囊正在月下看书，觉得奇怪，遂上前施礼问看什么书？老人笑答："人间《婚姻书》。"韦固见那锦囊胀鼓，内敛红光，便问老人囊中何物？老人说："这是红线。"说着从中抽出一根红线，当空一晃，只见一道红光在韦固左脚绕了一圈，然后朝北飞去。老人告诉韦固："此线以系夫妇之足，红线另一头系在谁的脚上，谁就是你命定的妻子。虽仇深似海，天涯异域，终不可解。"韦固见自己婚事已定，赶紧询问女方何人？老人回答说："店北卖菜老妪之女。"说完就不见了。

早从唐朝开始，《定婚店》的发生地宋城（今商丘睢阳区），就把故事主人公韦固住过的客店题名为"定婚店"，成为古代文人的"旅游打卡地"，是历代宋城管理者开发旅游的重要抓手之一。故事的末尾，往往要插入一则硬广："从此，南来北往的客人，纷纷到定婚店投宿，并深夜去隆兴寺上香，都想见见那位慈祥的月下老人，问问自己的婚姻大事和前程。"

在月下老人的传说中，历朝历代还有无数的设定，南北方也有巨大的差异，每个故事都依据自己的风土、自己的需求，有无数的演绎。各地的月老祠、月老殿、月老庙层出不穷，月老传说升级为月老信仰、月老灵签、月老红线、月老喜糖等。"月下老人"无疑是个大IP，如今，以"月下老人"或"月老"为名的企业或品牌几乎涵盖各个行业，月老婚姻、月老婚恋、月老来了、月老在线、月老小纸条、月老越年轻……你能想到的，"月老……"都想到了。

让人没想到的是，"月下老人"到了互联网时代，又发生了奇怪的变异。如果在网上搜索"月下老人"，会频繁地出现一个古怪的名字"柴道煌"，还出现在百度百科的"月老"词条中，以及在百度贴吧、淘宝和拼多多等商业网站上。

经过作者施爱东先生仔细搜索发现，"柴道煌"最早出现于 2017 年。是在一个连"谷歌"和"百度"都搜索不到的网站"翠儿小说网"上，有个叫"想当一条咸鱼"的网友发表了一部青春小说《一不小心把地球弄炸了怎么办》。作者用玄幻小说的方式重述上古神话，穿插了柴道煌追求女仙孟无情，未能成功，三万年后，孟无情修炼成"孟婆"，柴道煌修炼成"月老"。

小说中，柴道煌开了一家"情缘店"，手中有一本掌握姻缘的小本本，以及上到天庭，下至人间的姻缘红线，可唯独解决不了自己的姻缘问题，追求女仙孟无情也失败，最终，头发胡子都花白了，还是个老光棍。

这部小说被转发到很多非主流文学网站，慢慢地，"月老别名柴道煌"进一步出现在很多网络小说中，广泛传播开来。2020 年，百度百科甚至有了"柴道煌"专属词条："柴道煌，民间又称月老、月下老人、月下老儿，宋州宋城（今河南商丘）人，是中国民间传说中主管婚姻的红喜神，也就是媒神，是天庭的一位上仙。"

各大电商平台在卖月老相关产品时，为了便于搜到自己的商品，把跟月老相关的元素都堆到标题里，这就形成了像"月老神像柴道煌月老星君佛像月下老人招姻缘红线红娘婚姻家居摆件包邮""月老像月下老人红喜神媒神柴道煌赐姻缘神像佛像铜像包邮"等等。就这样，柴道煌在简单粗暴的商品推广下，成为和月老紧密绑定的词条，甚至有柴姓网友以这位柴姓先人为月老而骄傲自豪。

除了"杜十姨""月下老人"，书中还研究分析了民谣《看见她》的传播和异文；刘三姐传说中，从刘三妹、刘三姐、刘三姑、刘三妈、刘三太、刘三婆的传说路径，并最后定型为刘三姐的过程；历代虎妻故事中的悲喜剧；福建唐伯虎陈三到广东点秋香五娘的故事；石敢当崇拜的两大中心和传播路径等。

还有我们小时候每个人都朗朗上口的"螺纹歌"中的人生百态。"一螺穷，二螺富，三螺牵猪牯……十螺中状元"，不管哪个版本的"螺纹歌"，"十螺"不是中状元就是享清福，我就是满满"十螺"，到现在也没享受到"十螺"带来的福利，不仅没享到清福，到头来只能用"十螺"在键盘上码字，赚取一点点微薄的稿费。

施爱东先生认为，自己作为一名民俗学者，就是用自己的知识积累，对民间这些貌似无常、无稽的口头文学现象，给予充分的理解，并做出正常的解释，揭示其作为一种文化属性的底层逻辑。

民俗是民众的底层政治，民俗逻辑不是科学逻辑，而是民众的处事逻辑和政治逻辑。麻雀虽小，五脏俱全，即便是最偏僻的乡村，都有其自成体系的社会阶层，那些看起来很无稽的民俗事项，都有其自成体系的规则与方式。

民间文化常常受到精英文人的无情嘲讽甚至尖锐批评，那是因为我们不能设身处地进入他们的生活日常和思想世界，因为不了解，所以不理解。只要能"屈尊"听听王大爷、李大妈的声音，即便是一些无稽之谈的歌谣、传说或俗语，也总有其存在和传播的因和由。

当然，作为一名外来的研究者，如何深入这些"自成体系"中来，透过这些无稽之谈，找到并且理解他们的法则，这是民俗研究的难题之一。民俗学家顾颉刚先生曾说："……虽是无稽之谈，原也有它的无稽的法则。"这大概就是施爱东先生以此为书名的来源吧。

2023 年 4 月 20 日 中关村

《四库全书》与书籍之厄

　　中国藏书史源远流长，而典籍文献留存至今，可谓是厄运不断，劫余之幸。书籍之厄，历代有"五厄""十厄""十五厄"等之说。隋朝牛弘在《请开献书之路表》中，总结了书之"五厄"：秦始皇焚书（及项羽入咸阳烧秦宫）、王莽新朝末年"赤眉入关"、东汉末年"董卓移都"（从洛阳迁都长安）、西晋"永嘉之乱"（五胡乱华）、南北朝时期梁元帝"江陵焚书"。

　　明代胡应麟在其《少室山房笔丛》中，又续上"五厄"：隋末"江都大乱"、唐中期"安史之乱"、唐末年"黄巢之乱"、北宋末年"靖康之难"以及南宋末年"元入临安"；近世又有续补"五厄"：明末"闯王入京"、清乾隆"修《四库全书》"、清末"太平天国运动"、清末"八国联军入侵北京"以及"敦煌遗书被盗"。

　　以上仅为有心人整理的重大历史事件带来的"书厄"，其实古往今来、大大小小的"书厄"何止这些？

　　历代"书厄"多为王朝更迭或外族入侵导致王朝动荡、国都沦陷带来的，怎么乾隆盛世修《四库全书》也被列入"书厄"了呢？近读藏书家韦力的《四库全书寻踪记》，对这部大书做了全方位梳理和寻访，自然也涉及乾隆借修书之名禁书、毁书的问题。

　　关于《四库全书》，民国历史学家郭伯恭先生的《四库全书纂修考》是绕不过的著作，顾颉刚在该书序言中指出乾隆修书而毁书的实质："惟其寓禁于征，故锢蔽摧残靡所不至，其沦为灰烬者又不知几千万卷也。试盱衡《四库》所入，忌讳略撄，即予点窜，删削更易，多失厥真，夫其禁者则散焉佚焉，其采者又残焉伪焉，书之厄运，岂非秦火而降一大事乎！"

　　而郭伯恭在其《四库全书纂修考》中，专门有一章讨论"寓禁于征之实际情形"，谈及乾隆如何下旨并诱进，由访书变为禁书，再进一步扩大范围演变为文字狱，并且对进献之书进行销毁和篡改。最后，郭伯恭统计得出，"十余年中所销毁之总数，当在十万部左右"。

　　编纂体量如此巨大的《四库全书》，自然需要海量的底本，清宫内府所藏毕竟有限，而明朝永乐年间编纂的《永乐大典》，到乾隆时期已所剩不多，辑佚《永乐大典》是底本来源之一，更大量的底本只能征集民间藏书家的藏书。

乾隆下谕旨催促各地督抚督办进献藏书事宜，尤其江南地区，历来为中国藏书最繁盛的地方，大藏书家众多，藏书楼密布。在朝廷强力动员下，大大小小藏书家只能拿出自己的藏书进献朝廷。乾隆曾在谕旨中明确承诺所有进到各书籍，将来办竣后，仍须给还各本家自行收藏……同时，清廷还有奖励机制，乾隆在三十九年（1774）五月十四日下谕：

今阅进到各家书目，其最多者，如浙江之鲍士恭、范懋柱、汪启淑，两淮之马裕四家，为数至五六七百种，皆其累世弆藏，子孙克守其业，甚可嘉尚……着赏《古今图书集成》各一部，以为好古之劝。又如进呈一百种以上之……亦俱藏书旧家，并着每人赏给内府初印之《佩文韵府》各一部，俾亦珍为世宝，以示嘉奖。

这个赏赐无疑是巨额奖励，要知道，《古今图书集成》是乾隆父亲雍正时期的"活字版"，仅印了64部，每部有一万卷之多。不仅有皇家御赐的荣誉，从价值而言也是不赔本的。鲍廷博在收到朝廷赏赐的这套书后，专门刻了一枚藏书印，章文为"老屋三间赐书万卷"。

这么好的事，藏书家们不管愿不愿意，"海内藏书家踊跃进献"，而"献书四家"，以扬州二马后人马裕最多，共776种，宁波天一阁后人范懋柱献书638种，"知不足斋"主人鲍廷博长子鲍士恭进献626种，"开万楼"主人汪启淑献书524种。

除了"献书四家"，当时全国范围的征书行动，共征得古籍达13501种。事实上，并不像乾隆一开始承诺的那样，这些征集来的书，最终都没还给原藏家，而是留在故宫武英殿，十几万部不符合清廷意识形态的，直接禁毁，甚至要求地方大员把该书主人手里的书版一并上缴烧毁。而收录到《四库全书》的，则要留下底本，以便将来校雠或修订。

武英殿自康熙以来，就是清宫修书、刻书的地方，在中国出版史上，"殿版书"有着特殊地位，因为是宫廷刻书，各方面都比较讲究。到了乾隆修《四库全书》，自然也就安排在武英殿。各地征来的古籍和书版，都堆放在武英殿。

据古籍研究专家朱赛虹考证，武英殿后来经历两次

韦力带着阅读邻居读书会书友参观文渊阁

火灾。一次是同治八年（1869）六月二十日晚，大火烧毁房屋30多间，自康熙以来二百年的藏书和书版付之一炬。另一次是光绪年间，因为雷击引发大火，同治后积累的珍本、殿本、雕版等又遭"书厄"。而《四库全书》底本在这两次大火中化为灰烬。

《四库全书寻踪记》中，乾隆禁书并不是重点，韦力先生分了两条线路寻访，一为人物寻访，主力寻访了对于《四库全书》编纂做出重要贡献的四库馆臣如纪晓岚、于敏中、刘统勋、刘墉等十几位清代官员和读书人；其二为存放《四库全书》的"七阁"，北京紫禁城内文渊阁、圆明园内文源阁、承德避暑山庄的文津阁、沈阳故宫的文溯阁、镇江金山寺的文宗阁、扬州大观堂的文汇阁和杭州的文澜阁。此外，还有《四库全书》现存地国家图书馆、甘肃图书馆、浙江图书馆等。

通过韦力先生这些寻访，让我们看到一部大书的命运史对于中华文化传承的意义和价值，在史料和现状中，也让我们看到了历史变迁和物是人非，让历史鲜活起来，这是韦力寻访系列的价值所在。

李慈铭的京官生活账

爱书人、藏书家书房里，几乎人手一部《越缦堂读书记》。这部书什么来头？越缦堂主人又是谁？

最近读《清季一个京官的生活》，这位京官大人就是越缦堂主人李慈铭。李慈铭，字爱伯，道光九年（1829）生于浙江会稽，同光年间，在北京官僚集团中，与潘祖荫、翁同龢、张之洞等并称，是"第一流的人物"。和潘翁张三位比起来，李慈铭的仕途可谓曲折，不顺。

道光咸丰年间，李慈铭正当年，大小南北试十多次，终不第。此时，清廷内外忧患交加，外有鸦片战争清廷大败，内有太平天国武装起事，可谓"三千年未有之大变局"。

在这大动荡的年代，屡试不第的李慈铭卖了家里三十多亩地，凑了八百多两银子，报捐了京官，于咸丰九年（1859）二月二十八日离乡赴京。走了两个多月终于到了北京，户部却不接纳他，原来地方官收了他的捐款后没及时报京，户部要求他补缴三百两。李慈铭只好继续变卖家产，终于凑齐捐款，却落得狼狈不堪。

好在他有些诗文薄名，潘祖荫、翁同龢等出面推荐，大学士周培祖请他做馆师，总算挺过了难关。终于他在同治二年（1863）入户部学习行走，其实就是干实习生，没有官俸。然而，京官这个奢靡的交际圈，他又不得不混迹其间，搞得负债累累。又待了两年多，他实在混不下去了，只好从老乡那里借了路费跑回老家会稽。

毕竟是从京师回来的文士，浙江巡抚、布政使、绍兴知府等对他还算礼遇。江南地区在太平天国扫荡过后，大量典籍焚毁，曾国藩、左宗棠等奏请设立官书局，重新刊刻典籍。浙江巡抚马新贻聘请李慈铭任浙江书局总校勘。

同治九年（1870），在浙江乡试中第二十四名，随后又再北上应会试。多次参加会试，还是屡试不第，气得他多次破口大骂主考官。虽然考试不行，但这次来京的状况比第一次好很多了，在文士中地位也越来越高，身边随从很多，已经无需再为生活发愁了。

光绪六年（1880），应试了几十次的李慈铭终于考中进士。此时，他已五十二岁，这几乎是"范进中举"

的翻版。

士林声誉已经很高的李慈铭，中进士后京城官场对他抱有很高的期待，认为他将来不是学政，就是御史。然而，官场并不按士林声誉所向，虽然受到直隶总督李鸿章器重，和翁同龢、潘祖荫等高官关系密切，但和北籍官员李鸿藻、孙毓文等一直关系敌对。在一系列官场明争暗斗后，于光绪十六年（1890）才补为山西道监察御史。虽然一直被视为清流领袖，但他在台谏任上，并无多大作为，所弹劾的大多是二三流人物。

光绪二十年（1894），六十五岁的李慈铭去世。他留给后世最大的成就是一部《越缦堂日记》，这部日记因其详细的记录和跨越四十多年的时长，被称为晚清四大日记之一。另外三部分别是叶昌炽的《缘督庐日记》、王闿运的《湘绮楼日记》、翁同龢的《翁同龢日记》。这四部日记的共同点是，时间跨度都长，足有四五十年，而且对于晚清的官场以及日常生活都有非常详实的记录，是后世研究晚清社会世相的重要文献。

这本《清季一个京官的生活》就是依据《越缦堂日记》为底本做的研究，然而全书正文只有前面66页，之后全部是表格。因为作者张德昌是香港中文大学经济史教授，所以他从专业的经济角度出发，把《越缦堂日记》中记录的李慈铭日常开支用度，按照年份详细地表格化了。

对我这样的文科生，看到表格往往很头大，但作者这么用心把日记转化为表格，一定有其用意。好在之前有过读太史公马迁《史记》的经验，《史记》中的"十表"对我们清晰地了解先秦朝代、世系、大事有着极大的帮助，也是太史公的创举。

表格的主体部分是："李慈铭为京官时期每年收入表［同治二年（1863）至光绪十五年（1889）］"和"李慈铭为京官时期每年支出表（同治二年至光绪十五年）"，此外还有"李慈铭每年饮宴娱乐应酬费用""李慈铭每年犒赏费用""李慈铭每年家用数字""李慈铭历年典质与借贷数字"等等。

其中，"收入表"中，除了常规的印结银、俸银、养廉银外，还有很多"馈赠"，这部分收入就很微妙了。尤其是光绪六年（1880）中举前和后，随着他在士人中地位越来越高，官位越来越大，这部分收入体现出很大的起伏。还有一部分收入来自"润笔"，作为清流领袖，他的"润笔"费一直很高，后来更是水涨船高，这部分主要包括墓志铭、寿文、碑文等。

而"支出表"中，房租、犒赏、饮宴歌郎、仆媪工钱、书籍文具等是最主要的支出项目。京官们有着奢靡的生活交际圈，早期李慈铭很难应付这种生活的高支出，欠下一屁股债。同治九年（1870）再度入京后，他的京官生活就如鱼得水了，可谓是奢靡成性。

作为士人领袖之一，李慈铭喜买书、藏书，是晚清重要的藏书家之一，这方面的花费也非常大。《越缦堂读书记》中记录了他买书、读书的丰富细节。有学者统计，他的藏书楼有十多处，每一处堂号都不一样，当然最有名的就是越缦堂。还有像困学楼、苟学斋、白桦绛树阁、知服楼等。

说到日记，我们现在每个人都以自己的方式记录着日常生活，我们发微博、微信、朋友圈，甚至还有很多人有记日记的习惯。虽然我们只是普通人，但普通人的生活构成了我们这个时代的背景，也许一百年二百年后，后人想了解我们现在的生活，这些普通人的记录会提供一种很有价值的参考。

而中国古代，只有帝王、官员们才会留下这些记录。因为只有他们有机会读书，一般老百姓基本没有办法留下这些记录，所以，我们现在很难看到宋朝、明朝、清朝普通老百姓的日常生活是什么样子。但现在反过来了，普通老百姓每个人都在记录，而很多官员不敢留下生活记录，后人想了解我们这个时代的官场生态，或许又是一大难题了。

2023 年 3 月 20 日 中关村

藏书的奇特激情

博尔赫斯说："一本书不过是万物中的一物，是存在于这个与之毫不相干的世上的所有书籍中平平常常的一册，直至找到了它的读者，找到那个能领悟其象征意义的人。于是便产生了那种被称为美的奇特的激情。"这种心理学和修辞学都无法破译的神秘激情，只有一少部分致力于聚书为乐的书痴方能体验。

1906 年，18 岁的王云五以三年分期付款的形式购买了商务印书馆代理发行的《大英百科全书》，当时的书价是 300 元。三年里，王云五逐字逐句阅读，每一条都不放过。他通读三十卷《大英百科全书》的事一时为人称道，王云五也因此成为一名"百科全书式"的人。

1919 年，商务印书馆面对滚滚而来的新思潮，决心聘请新文化运动代表人物胡适出任编译所所长，胡适谢绝并力荐王云五。这位没有受过正规高等教育，也从未出过国门的自学者，怎么会受到胡适的青睐，并推荐就任商务印书馆编译所所长呢？想必跟他通读《大英百科全书》不无关系。

2023 年，藏书家刘铮买到贴有王云五"岫庐藏书票"的德文《布罗克豪斯社交辞典》（*Brockhaus' Konversasions-lexikon*）第十三版（1901—1903 年印）的零册。《布罗克豪斯社交辞典》是当时极有影响的豪华百科全书之一，只是篇幅略逊于《大英百科全书》。早年通读《大英百科全书》的王云五，在学了德文后买一套《布罗克豪斯社交辞典》自在情理之中，他可谓是一位大半生都在与百科全书"痴缠"的出版人。

1921 年，商务印书馆董事会决定成立专项基金，创立公共图书馆，由张元济、高梦旦、王云五为委员，定名为"东方图书馆"，王云五任馆长。1926 年，东方图书馆在商务印书馆馆庆三十周年之际正式对外开放。此时馆藏书达 33 万多册，以及大量的中外报刊、地图、照片等。1932 年 1 月 28 日，日本海军陆战队突袭上海闸北，第十九路军迎战，在"一·二八"战事中，东方图书馆毁于炮火。此时东方图书馆计有藏书 51.8 万余册，其中古籍善本无数。

东方图书馆被炸毁无疑是中国近代书籍史之大厄，

所幸还有一些"漏网之书"得以幸存。东方图书馆古籍收藏室"涵芬楼"精选的五百余种古籍善本，因为寄存在金城银行仓库中，幸免于难。劫后，张元济将这批善本书取出，为之撰写书录，最终集为《涵芬楼烬余书录》。

2017 年 5 月，刘铮购得一部英文精装本海斯与穆恩合著的《现代史》(*Modern History*)，纽约麦克米伦公司 1928 年版。书后空白页上，留着印有"上海东方图书馆"字样的出借卡，上面唯一的出借记录是 1930 年 3 月 30 日。

1930 年 3 月 30 日，时任商务印书馆编译所编译员的张世禄，从东方图书馆借了一本海斯、穆恩合著的《现代史》。正是因为这次外借，这本普普通通的书才幸免于难。劫后，商务印书馆展开复兴东方图书馆活动，很多幸免于难的书陆陆续续又回到图书馆。张世禄在返还的这本《现代史》书前空白页贴有一张毛笔便笺：

此书当年由闸北火线中随衣箱携出。乞收存，以留纪念。崇上　东方图书馆

张世禄检还 24/9/20

1939年，萧乾赴英留学，开启了七年的海外生涯。他先任教于伦敦大学东方学院担任讲师，后辞去教职，进入剑桥大学国王学院攻读研究生学位，重点研究劳伦斯、伍尔夫和福斯特三位作家。而伍尔夫和福斯特则是伦敦精英文学团体"布鲁姆斯伯里"的主要成员，萧乾自然成为"布鲁姆斯伯里"常客，也是该团体最亲密的"中国成员"。

通过"布鲁姆斯伯里"，萧乾逐渐融入了伦敦精英文学圈子。那一时期的伦敦，萧乾是最出风头的中国文人，1942—1944年，萧乾在英国出版五部著作。首部作品《苦难时代的蚀刻》出版后，所有伦敦出版的报纸都写了评论。英国小说家韩普森在《旁观者报》上评论说："凡关心东西文化交往的人都应一读此书。"

1944—1946年，萧乾以《大公报》驻欧特派员身份随盟军采访，根据自己的切身经历，撰写《到莱茵前线去》《南德的暮秋》等大量战地报道。回国后他继续办报刊刊。1949年，剑桥大学邀其任教，讲授现代中国文学，萧乾思虑再三，还是留了下来。

2018年，刘铮在两家旧书店先后觅得萧乾旧藏的英文书，居然是同一位作家题赠给他的。题署的时间均为 1942 年，正是萧乾叱咤英国文坛之时。这位作家就是上面提到盛赞萧乾作品的伯明翰小说家约翰·韩普森（John Hampson）。韩普森赠送给萧乾的两本书分别是《家族诅咒》（*Family Curse*）和《看见了血》（*The Sight of Blood*）。

萧乾在回忆录里提到过这位韩普森，说他是"福斯特的挚友"。同为"至友"自然也成为朋友了，想必韩普森也是"布鲁姆斯伯里"成员之一，因为他的第一部作品《灰狗车站的周六夜晚》（*Saturday Night at the Greyhound*）就是在伍尔夫夫妇的提携下出版的，并且颇受好评。

近读刘铮先生的《西书东藏：中国文化名家的外文藏书》，讲述了三十七位中国现代文化名家的西书收藏故事。这些名家的部分藏书历经百年递传，成为刘铮的收藏。这些书重新找到了归宿，也在刘铮心中激起了奇特的激情，进而有了一篇又一篇西书东藏故事。此文仅摘录王云五、张世禄和萧乾三位的藏书轶事，书中还涵盖周作人、周越然、梅贻琦、毛子水、梁漱溟、张申府、洪业、吴宓、徐志摩、向达、叶灵凤、施蛰存、钱锺书、赵萝蕤、周一良、夏志清等三十四位名家的外文藏书故事，各有其激情和动情之处。

藏书无界，西书东藏或是东书西藏，都是人类阅读史的自然流转。一本书只要出版，就会在阅读世界中流动，只要被阅读，就有可能留下痕迹，不管是题跋、签名、印鉴、批校等，哪怕没有留下任何印记，在时光流逝中，那泛黄的书页也带有过去那个时代的气息。

《西书东藏》中的藏书故事，生动地捕捉了藏书和阅读活动中的细节与趣味、东西方文化流动中产生的审美与激情，套用韩普森评价萧乾作品的那句"凡关心东西文化交往的人都应一读此书"来评价这本《西书东藏》也再合适不过。

2024 年 9 月 11 日 中关村

我们如何与书籍同在一个屋檐下？

几年前，看过《藏书·家》英文版 PDF，大为惊艳，这一个个富有藏书的家，让爱书的我口水直流，两眼桃心。这些年我也四处访书房，画书房，和书房主人聊书房里的大千世界。那位发给我看这部书稿的朋友，是想和我探讨我能否也做这样一本书。在拜读完全书之后，我坦白承认无法完成这样的作品，但我很期待国内出版机构能引进出版这本书。

这事不了了之，我继续进行我的书房之旅。若干年后，未读荔枝主编又传来《藏书·家》英文版 PDF，说她们已经购买了该书版权，正在翻译。再次读到倍感亲切，对未读即将出版的中文版充满期待。不久后，未读编辑发来部分译稿，邀我为该书中文版写篇序言。

我虽大爱此书，然为其作序内心实为惶恐，但又经受不住诱惑，这么美妙的书籍上，如果有自己的只言片语，颇可安慰我膨胀的虚荣心，于是咬牙应承了下来。

也因此，这本书的出版进度因我的"拖拉机习性"而一拖再拖。

每个人，对书房都有着近乎任性的痴迷，不管家里空间多么抱歉，都想留出一片独立的阅读空间。无疑，我们都是热爱书籍、尊重书籍的人。这些年我遍访读书人的书房，更让我感到，书籍在家庭生活、读书生活、学术生活中的不可替代性，以及无处不在性。大多数读书人家里，每个房间都是书，甚至侵占到厕所这样潮湿的、不适合放置书籍的空间里。

书和家，无疑是密不可分的，一个没有书的家该是多么空洞，一个没有阅读环境的家该是多么乏味，古罗马哲学家西塞罗说："一间没有书籍的房间就像一具没有灵魂的躯体。"书，无疑是家里不可或缺的"成员"之一。当我们拖着疲惫的身躯回家，洗干净躺平在沙发上，随手翻开一本《what if？》，那些古怪又让人忧心的问题会驱散我们的疲惫，治愈我们的身心。

然而，"我们如何与书籍同在一个屋檐下？"当我们贪婪地把"她们"一一邀请回家，给"她们"营造舒适的环境，往往唯一的阳面房间要让给"她们"，因为书籍需要温暖而干燥，阴面长期不见阳光，容易发霉。

我们还得打造结实的书架，把"她们"各就各位，万一疏忽大意了，等你再想找"她"时，"她"会躲起来不让你找到。一开始还好，空间比较宽敞，大家相安无事。等书房里小伙伴越来越多后，"战争"就开始了。

原先按部就班的格局开始变得凌乱，《伟大的作家》，在《拉下百叶窗的午后》，津津有味地读着《一分钟物理》；《醒来的女性》和《柏拉图和鸭嘴兽一起去酒吧》探讨《如何破解爱因斯坦的谜题》；《海怪》和《神秘动物》坐在《存在主义咖啡馆》里，喝着《迷人的液体》，嚼着《生肉》《一想到还有95%的问题留给人类，我就放心了》……

在嗜书如命这个问题上，我们要充分《认识自我》，《家的模样》只停留在想象，很快就《疯狂的进化》成"垃圾场"，即使翻烂《收纳全书》也无力回天，不如来一本《垃圾分类小百科》。《How to？》，我们该如何不切实际地解决实际问题呢？

这本《藏书·家》可以帮我们解决这些实际问题。

作者尼娜·弗洛登伯格是美国一位室内设计师和全球旅行爱好者，跟我一样也是一位书房探窥爱好者，她

的足迹涉及世界各地，伦敦、巴黎、柏林、帕尔马、普
利亚、里斯本、马尔默、纽约、洛杉矶、旧金山、墨西
哥城……

作家、学者、收藏家、艺术家、设计师、摄影师、
策展人、书店主、出版人、媒体人、收纳家……书中
23位"藏书·家"以热情和包容欢迎尼娜的到访，向她
讲述关于家与书的故事。爱书的人都喜欢和同好分享这
种精神愉悦，用心爱的书籍包围着自己，其实就是在讲
述我们自己的人生故事、兴趣、热情、价值观，以及过
往和未来。

挪威作家卡尔·奥韦·克瑙斯高，有一半时间住在瑞
典的马尔默。他和家人居住的房子是一栋斯堪的纳维亚
式的、优美别致的田园农舍，坐落在一个小果园中。然
而，他的办公室则是另一番景象，这栋木房子里一片狼
藉：房间内散落着烟头快要溢出的烟灰缸、脏盘子、散
落的笔记，以及成摞的书籍；他的诸多奖杯被随意地扔
在浴室里；一台老旧的台式电脑显示屏上，光标在句子
中间闪烁，看起来像是一个有潜在危险的、未被保存的
文档。在看似混乱的表象下，克瑙斯高有一套自己的哲
学体系。"我认为，人们对待书的方式在一定程度上反

映了他们的个性。而我在很多方面，是一个非常随性的人。"

在挪威，每十个人就有一个人读过《我的奋斗》，可以说作者是挪威的国民作家。但我们对这位作家并不熟悉。还好六卷本自传小说《我的奋斗》中文版由理想国引进，一度让我读得入迷。

家住纽约州哈德逊谷的布勒希曼，是一位传奇的插画家、动画设计师和漫画家。然而，人们熟知的"布鲁姆斯伯里文化圈"的作品是他的最爱，有弗吉尼亚·伍尔夫、雷纳德·伍尔夫、里顿·斯特拉奇、梅纳德·凯恩斯、伯纳德·罗素和霍加斯出版社作者们的作品。

我也曾很迷"布鲁姆斯伯里文化圈"，收集了很多布鲁姆斯伯里成员作品，尤其是和布鲁姆斯伯里成员关系密切的中国"新月派"作家们，如凌叔华、徐志摩、萧乾等。其中有一本《丽莉·布瑞斯珂的中国眼睛》，我读了很多遍，记录了中国女作家、画家凌叔华与朱利安·贝尔的跨国恋情。

布鲁姆斯伯里文化圈与中国的"新月派"有着很深的交流和互动。凌叔华，可以说是布鲁姆斯伯里文化圈中的中国成员之一。朱利安·贝尔则是布鲁姆斯伯里文化圈核心人物凡妮莎·贝尔的儿子，弗吉尼亚·伍尔夫的外甥。

1935 年，朱利安·贝尔来武汉大学执教，和英语系主任陈西滢的夫人凌叔华有了婚外情。在朱利安写给母亲凡妮莎的信中，谈了很多他和凌叔华（信中称为 K）的恋情："她（K）是我所见过的最迷人的尤物，也是我所知道的唯一可能成为您儿媳的女人。"这批信件现存纽约公共图书馆，作者劳伦斯教授正是根据这批信件，写下了《丽莉·布瑞斯珂的中国眼睛》一书。这本书"学术与八卦"兼具，可谓"妙书"也。

凡此，余不一一。

沉浸在《藏书·家》中，我似乎已经忘记自家狭小的书房里，"战争"还在继续。我家小书虫小茶包也表达了抗议，他不久前上交了一篇作文，在经他授权同意后，为小序收个尾。

——《藏书·家》序

2022 年 3 月 1 日 中关村

附文

小书房"旅行"记

文 | 方睦词（小茶包）

我爸爸是一名书评编辑，每天收到很多出版社寄来的书，家里本来就不大的书房，被爸爸的书挤得满满当当。我也是一名小书虫，从小和爸爸一起读书，爸爸也为我准备了读之不尽的好书。

我家小书房，一面墙是爸爸的书，一面墙是我的书。爸爸的书越来越多，于是，地上也堆满了，我这一边的书架前，也被堆满了。每次我想找书看，得把爸爸的书一一挪开，再翻山（书山）越岭般找我的书。

有一次，我想找《哈利波特与死亡圣器》，翻得满头大汗，却意外发现找了很久没找见的《三国演义》连环画中的《五丈原》，我以为丢了呢。这一惊喜的发现让我忘了想找的书，捧着许久不见的《五丈原》开心地读了起来。五丈原之战是蜀汉丞相诸葛亮第六次北伐，蜀、魏两军在五丈原对峙了 100 余天，最后，诸葛亮病逝。

还有一次，我正津津有味地读着凡尔纳的《八十天环游地球》，突然，有一排书倒了下来。《圣诞颂歌》《金银岛》《雾都孤儿》等撒了一地，还有一本《有呀有呀书店》，也是我找了好久，不知道被压在哪儿的书。

我家小书房就像《有呀有呀书店》里讲的那样，如果我问爸爸，"什么什么书家里有没有？"我爸爸总是说"有呀！有呀！"但总是找不着。而每一次意外的发现，却给我无限的欢喜。

我家的书房很小很拥挤，但在书房里淘书、找书以及意外的发现，就是一场书房里的"旅行"，既带来惊喜，也从书中看到更大的世界。

西方珍本书和中国藏书印

因为爱书，我爱一切关于书的书，这类书的作者无疑是我同类，他们有的是爱书人，有的是藏书家，还有从事跟书有关事业的人，比如编辑、出版家等。读这类书，让人有种心照不宣的快感，很多情感、很多痴情和任性，都无需多言，作者也不爱多交待，就是那种"你懂的……"

《造书》和《藏书ABC》带给我近来最开心的阅读体验，这两部书由旅英作家恺蒂和她的大学同窗余彬合作翻译。

西方"造书"传统

《造书》是一本西方书籍手工装帧艺术名著，初版于1901年，至今已一百二十多年，"依然是行业标杆"。该书系统梳理了手工装帧艺术的历史和流变，及其具体手法和步骤，作者是英国书籍装帧艺术大师道格拉

恺蒂书房

斯·科克瑞尔。

十九世纪中叶，机械开始取代手工，延续几百年的手工书传统遭遇前所未有的危机。英国美术与工艺运动领袖威廉·莫里斯于是领导了反机械化、反量产化的运动，很多手工书大师也受这股运动的影响，纷纷成立手工书作坊。其中，书籍装帧大师托马斯·科布登－桑德森创办的多佛装帧坊很有影响。23 岁的科克瑞尔也来到多佛装帧坊做学徒，汲取这里的精神气质和价值观。

几年后，科克瑞尔在伦敦著名的书街查令十字街开设了自己的装帧工坊，并同时在中央美术工艺学校讲授书籍装帧课程。《造书》就源自他的教学。该书讲述了九世纪至十九世纪西方的装帧艺术传统，主要是手工书装帧传统。而这一时段相对于中国，就是唐朝到清朝，也就是从唐朝的"抄本时代"过渡到"刻本时代"，也就是中国线装书装帧传统。

这无疑是一本"手工书技术手册"，一百多年后，如果您是一位手工书爱好者，按照科克瑞尔书中描绘的步骤，一样可以制作出"独一无二"的手工书。在书籍印刷如此快捷的时代，在阅读普遍互联网的时代，我们更应该提倡反电子化、反快餐化的阅读理念，在手写都成为奢侈行为之时，如果能为自己留存一下手工化的文字记忆，更是这一时代难得的治愈。

西方"藏书"生态

《藏书ABC》初版于1952年，也有70年历史了。作者约翰·卡特是珍本书商和收藏家。该书已先后出版到第九个版本，再版二十多次，是西方珍本书收藏的经典读本，将西书收藏以A–Z的词条方式，做了全面的梳理。每个词条下涉及众多藏书术语，让我们清晰认识藏书世界的丰富多彩和阅读世界的有趣生态。

借由《藏书ABC》中的丰富词条，结合自己平时的藏书和读书喜好，我们来聊聊关于书的那些事儿……

预发本（ADVANCE COPY）

出版商会让推销员（发行人员）带着新书预发本去图书交易会上"预售"，此外，还向书评家、特定书商及读书俱乐部提供。通常是最终的校样或最早开印的书页，多用白纸或印刷纸包装。这些"预发本"可能在内容或装帧上有别于正式版本，自然成为精明的藏书家追逐的对象。

在国内出版界，这种版本叫"试读本"，就是在书正式出版之前，出版社会率先印出一些"试读本"，供书评人、媒体和作者的朋友们"先睹为快"，并回馈一些阅读意见等。我多年来有幸获得很多这样的"试读本"，成为我一项数量不少的"主题收藏"。

书志学（BIBLIOGRAPHY）

书志学就是把书籍作为物化的研究对象，是藏书家、书商、图书馆员、目录学家和各领域专家的重要参考。

西方和日本普遍称为书志学，而在中国，则叫版本目录学。中国古籍和西方珍本在版本理念上有很大的不同，故而，研究的方法和向度也区别很大。我的藏书和阅读方面，以版本目录学书籍为主，还有中国古代藏书家和目录学家的各种"读书记"等。

藏书章（BOOK-STAMP）

藏书章用金属或橡胶制成，墨印或盲印在衬页、护扉页、标题页或封面上，无论镀金与否，都用金属压膜压制而成。除了藏书印，西方还有藏书票，也是藏书中附加的"收藏印迹"。

相比较而言，中国藏书传统中，藏书章这个元素更为丰富。金石篆刻本身就是中国文化中很重要的一个门类，藏书章虽然只是金石篆刻中的一个小分类，但也为中国藏书传统留下很大可值研究的空间，尤其对中国古籍的递传研究留下丰富的信息。

毛边（DECKLEEDGES） 毛边癖（DECKLE-FETISHISM）

毛边指书籍未经裁切的边缘，在现代书籍中，毛边书显得矫情，但毛边书却广受藏家青睐，通常一本书只有限量的"毛边本"。而"毛边癖"不由分说对毛边格外偏爱。

毛边书在书籍制作中已成常态，作者通常要求出版社预留一二百本限量的毛边书，用于赠送友朋，自写编号。而旧书平台"孔夫子旧书网"更是毛边书集散地，他们和出版社及作者有着密切互动，通常他们会要求独家制作和销售毛边本，并且这个生意持续得很有热度。

而喜爱毛边书的人，国内称之为"毛边党"。这个群体数量不小，对于毛边书的热销起着推波助澜的作用。在大多数爱书人书房，毛边书都占有不小的位置。

我家里也藏有很多毛边书，但往往不舍得裁开阅读，需要读的话，另买一本普通本。

此外，书中收录的限量版（LIMITED EDITION）、版本独有特征收藏狂（POINT-MANIACS）、校样本（PROOF COPIES）、独一无二的（孤本）（UNIQUE）等等，都代表着爱书人、藏书家的独特趣味和"人无我有"的暗喜乐趣。

中国藏书印的历史与文化

《妙无余》是藏书印研究家王玥琳的作品，深入研究了中国藏书印的历史与文化，读来大开眼界，如此方寸之间，透露着中国藏书史的丰富世界。

中国藏书印和西方藏书票并称为世界藏书史的两朵奇葩。藏书印是书籍收藏者用以标识物权，兼以反映阅读、鉴赏、整理等藏书活动的一部分，让藏书印的印蜕留存于书籍之上。藏书印作为官私收藏者的标志性符号，伴随着古代藏书的兴衰起落，最终获得"藏书必有印记"的广泛认可。

藏书印虽只方寸，却与藏书史有着见微知著的密切联系，历代藏书家复杂隐秘的观念和心理，以及古籍真伪、版本递传等信息，均藉由这一方小天地流传至今。而历代文人、藏书家，也借由藏书印表达个人情感和情怀，精炼的文辞背后，有着历代文人的殷殷心曲和复杂心声。

中国古代文人会玩，光藏书印玩出的名堂实在太多太多了，学者王竞在他的《藏书印与版本鉴定概说》中，将藏书印分为：名号印、堂号印、鉴别印、校读印、观赏印、记事印、仕履印、门第印、里居印、行第印、箴印、吉语印、诗文印、典故印、生肖印、纪年印、宫廷印、藩府印、官书印、杂记印等共计二十类。

而如此类别众多又可归纳为三大类，即名款印、藏鉴印和闲章。我独爱各类藏书家闲章，闲章更生动地展现古代文人的志趣、情怀、人生经历和闲情逸致以及无奈和忧伤。

比如有一类"曾在某处"印，就深深表达了藏书家的无奈和失落之情。再了不起的藏书家，再珍贵的古籍，毕竟陪伴人只有短暂的一生，最终，这些书籍要走入历史，成为别人的庋藏。世间万物有聚有散，书尤其如此。"曾在某处"可谓是藏书家自我安慰的一种心理表达，也给后世藏家留下一丝追寻的线索。

这类藏书印较早者有清初藏书家蒋玢的"是书曾藏

蒋绚臣家"。此外，还有李馥的"曾在李鹿山处"，沈慈的"曾在云间啸园沈氏"，鲍廷博的"曾在鲍以文处"，赵宗建的"曾在旧山楼"，董康的"曾在董氏诵芬室中"，钱天树的"曾藏钱梦庐家"，徐渭仁的"曾为徐紫珊所藏"，刘承幹的"曾经南林刘翰怡收藏"，周越然的"曾留吴兴周氏言言斋"，周叔弢的"曾在周叔弢处"等。

在中国藏书史上，有一方字数多达二百五十三字的楷书大印，隶属清末藏书家杨继振。这方藏书印可谓是对古人藏书诸多复杂心理的一种生动表现，录文如下：

予席先世之泽，有田可耕，有书可读，自少及长，嗜之弥笃，积岁所得，益以青箱旧蓄，插架充栋，无虑数十万卷，暇日静念，差足自豪。顾书难聚而易散，即偶聚于所好，越一二传，其不散佚殆尽者，亦鲜矣。昔赵文敏有云："聚书藏书，良非易事，善观书者，澄神端虑，净几焚香，勿卷脑，勿折角，勿以爪侵字，勿以唾揭幅，勿以作枕，勿以夹刺。"予谓吴兴数语，爱惜臻至，可云笃矣，而未能推而计之于其终，请更衍曰："勿以鬻钱，勿以借人，勿以贻不肖子孙。星凤堂主人杨继振手识，并以告后之得是书，而能爱而守之者。"

予藏书数十万卷，率皆卷帙精整，标识分明，未敢轻事丹黄，造劫楮素，至简首卷尾，铃朱累累，则独至之癖，不减墨林，窃用自喜，究之于书，不为无补。

细读印文，可谓苦口婆心，心情复杂。杨继振制此印自然也是表达自己的藏书观以及对其书命运的期许。"勿以鬻钱，勿以借人，勿以贻不肖子孙。星风堂主人杨继振手识，并以告后之得是书，而能爱而守之者。"

民国版本目录学家陈登原在其《古今典籍聚散考》中，翔实而生动地描绘了古今典籍聚散的历史与源流。古代书籍在历代递传中，自有其厄运和幸运，哪怕历经"五厄""十厄"甚至"十三厄"，我们今天还能读到如此丰富的古代典籍、足可见历代藏书家为中国典籍、中华文明的传承起着多么不可磨灭的作用，通过一方又一方藏书印连缀起来，见证一部古书从它诞生起至今的沧海桑田。

2023 年 5 月 4 日 中关村

四十年来中国书业回望

如果从 1996 年在书店做小店员算起，我对中国书业亦有近三十年观察，故而阅读书业相关著作，特别有亲切之感。近读几本私人角度的书业私史，感触良多。出版人汪家明先生的《范用：为书籍的一生》，讲述出版家范用的出版人生，从 1938 年入行，范用的一生可谓是"为书籍的一生"；再一本《美术给予我的》，则是汪家明讲述自己的美术生涯以及美术对于他从事出版的重要作用；宁成春的《一个人的书籍设计史》，宁成春是三联书店独立建制后的首任美编室主任，他的设计思想奠定了三联的书籍风格；最后一本刘柠的《私享录：四十年来书业》，则是一位资深爱书人对四十年中国书业的致敬和回望。

一

1937 年秋，少年范用刚刚在镇江中学读了一个月书，有消息传来，日军已经打到苏州，师生们一哄而散。范用是独苗，家里人凑了八块银元，让他乘船去汉口投靠舅公，当时舅公任汉口会文堂书局经理。第二年，舅公一病不起，舅婆只好带着他回浙江老家。走之前，舅婆把范用托付给撤退到汉口，租用会文堂书局二楼办公的读书生活出版社黄洛峰总经理。就这样，15岁的范用成了读书生活出版社的一名实习生。

1938年底，武汉失守，出版社内撤重庆；1941年"皖南事变"后，出版社准备撤离到香港，艰难辗转到了广州湾，太平洋战争爆发，只好折返去了桂林；在桂林待了两年多，后返回重庆，一直工作到1946年。之后，范用被派去上海工作。

1947年，生活、读书、新知三家出版社的工作人员被逮捕了很多，上海业务停滞。三家出版社的业务整体迁移到香港，并考虑三家合并为"三联书店"。1948年10月26日，"生活·读书·新知三联书店"在香港成立，徐伯昕任总经理，沈静芷任副总经理。此时，范用还继续留在上海，转入"地下"继续从事出版工作。

1949年8月，范用调到北平工作，在出版局、新华书店等几个单位辗转后，1950年12月进入新创立的

出版家范用自印的章凴漫画,也许陌生漫画家,中国著名的漫画家和曾画过范用先生。曾经给乐为众的眼卫也不堪素的一书,近凴范用先生題寫佳之众拍约的古书店。有一次众漫画家与范用之,讲述与漫画家的情缘。文中附有一張范用先生全家照片,范圖浩画家送他的漫画。范老十等前已仙逝,送本会去拜绘,照圖绘念。

绵葊 庚子春

范用书房

人民出版社。1951 年 8 月，三联书店并入人民出版社，成为该社"副牌"，社内保留"三联编辑部"，下设中国历史、外国历史、地理等六个编辑组。

在人民出版社时，有一本书对范用有着深远的影响。1960 年，范用得到一本俄罗斯出版家的传记，苏联国家政治书籍出版社 1960 年出版。他寄给翻译家叶冬心，请他审阅并翻译。叶冬心读后回信说："这是一本不可多得的好书，值得把它翻译出来。"范用马上和叶冬心签约，1963 年 1 月译毕。看了译稿后范用给叶冬心回信说：

> 昨天寄上一信，有个问题忘了写，就是书名用哪一个？现有三种意见：
> 《把生命献给书》
> 《为书籍而生活》
> 《为书籍的一生》。
> 我们打算采用最后一个，即《为书籍的一生》。

1963 年 7 月，《为书籍的一生》由三联书店出版，仅印 2120 册。没想到，书上市后很受出版界和爱书人欢迎。

俄罗斯出版家绥青的这本自传，是他去世多年后由其儿子在遗稿中发现的，记录了绥青15岁从家乡来到莫斯科打拼的历程，从干杂工开始到一点点学习书画贩卖，到成为书铺骨干，再到自己开办石印厂，成立"绥青图书出版股份公司"，出版有托尔斯泰、高尔基、契诃夫等大文豪的作品，也是他们的朋友。在近世俄国出版史上，绥青无疑是大人物。

在绥青身上，范用看到了自己的影子，他也是15岁离家闯荡，进入出版业，开启自己的"为书籍的一生"。这个书名虽然印在绥青这本传记上，其实也是范用为自己定制的。

1978年，范用被任命为人民出版社副社长兼副总编辑，并分管三联编辑部。1979年，国家出版局任命范用兼任三联书店总经理。1978年至1985年，是范用作为出版家、编辑家最辉煌的八年。尤其1979年，可以说是中国读书界的分水岭。

1979年1月，一本新的刊物《新华月报·文摘版》问世，创办者是范用。两年后，改名为《新华文摘》。在改版第一期的《编者的话》中，范用写道："我们希望把它真正办成'杂志的杂志'，为读者提供一个浓缩的小型阅览室。摈弃那种把民众作为灌输或启发的对象的教师爷式的编辑作风，尊重读者的知情权、选择权和比较权。"

1979 年 4 月，《读书》迫不及待地创刊了。开宗明义第一篇文章是李洪林的《读书无禁区》，鲜明地问道："人民有没有读书的自由？"《读书无禁区》一经发布引发轩然大波，关于读书应不应该有禁区的争论持续了很久，也树立起《读书》作为知识分子思想刊物的地位。

1979 年 12 月，三联书店版斯诺的《西行漫记》出版，不到两个月，狂销七十万册。《西行漫记》的中译本出版，可谓是中国现代出版史上的大事，许多人的命运因为读了这本书而改变。范用想起来，自己还是 14 岁少年时，在镇江澡堂里一口气读完的《毛泽东自传》，就是《西行漫记》中的一章——《一个共产党员的由来》。

对于范用来说，执掌三联的八年时间里，是作为出版人最有干劲的年头，走出"文革"的一代，有旺盛的创作力，各种新思想、新创作扑面而来，文学界、思想界、艺术界以及社会各界，大家都在积极而强烈地创作，好作品如雨后春笋般出现。

1981 年 7 月，杨绛《干校六记》出版，由丁聪设计封面，夜晚蓝天，满地白雪，近处几株大树，远处村庄里，矮屋的窗子透出亮光。薄薄的小册子，只有 67 页，现已成为公认的当代散文精品；1981 年 8 月，《傅雷家书》在重重阻力下艰难出版，封面由庞薰琹设计，白底上一幅傅雷侧面像，左面一支羽毛笔，蓝色书名，集自傅雷遗墨，整体简洁、朴素，浪漫又雅致。上市后，王府井书店排长队，一年内销售十多万册，畅销四十余年至今。

1986 年，三联书店恢复独立建制，此时范用已退居二线，沈昌文任三联书店总经理、《读书》主编，董秀玉任副总经理。退居二线的范用也闲不下来，仍在忙着出书。

巴金自 1987 年 12 月 1 日开始写《随想录》，到 1986 年 7 月 29 日写完最后一篇，长达八年。巴金说："我把这五本《随想录》当作我一生的收支总账……我称它们为'真话的书'……我希望在这里你们会看到我的真诚的心，这是最后一次了。"《随想录》全本 1987 年 9 月由三联书店出版，为了这本书的出版，范用可谓是精益求精，用最好的纸张（调用为出版《毛泽东选集》备用的纸），最好的装订（卡纸硬封加护封），最精心的设计（范用亲自设计）。巴金收到样书后很满意，给范用写信说：

> 《随想录》合订本能够印得这样漂亮，我得感谢您和秀玉同志。说真话，我拿到这部书已经很满意了。真是第一流的纸张，第一流的装帧！是你们用辉煌的灯火把我这部多灾多难的小著引进"文明"书市的。

用"为书籍的一生"形容书痴范用太贴切不过了，范用在自述《我这个人》中写道："我做了五十年出版工作，虽然是平凡的工作，却是有意义的工作……我热爱这份工作，看重这份工作。倘若问我：你的乐趣是什么？我说：是把一部稿子印成漂亮的书送到作者读者的手中，使他们感到满意。"

二

汪家明先生学美术出身，少年时代梦想做画家，长大后如愿以偿考入部队文艺团体，成为一名专业舞美人员。读完大学后他进入山东画报杂志社，1993 年主持创建山东画报出版社，任总编辑，策划出版《图片中国百年史》《老照片》等影响深远的书籍和刊物。2002 年调任三联书店任副总编辑，分管书籍装帧设计，并策划出版了《视觉中国丛书》《凯恩斯传》《极权主义起源》等；2011 年就任人民美术出版社社长，策划出版了《中国美术全集》（普及版）、《小艾，爸爸特别特别地想你》等。

在《美术给予我的》中，汪家明先生坦言，要是没有美术的基础，完成这些工作还真不太可能。美术在出版中的运用，几乎是方方面面的，气质、色彩、开本、纸张、装帧，无处不体现着审美的能力。

在《老照片》产生巨大影响力后，汪家明想创办一本《老漫画》，在徐城北先生引荐下，汪家明认识了范用，作为一名老漫画迷，范用对《老漫画》给予高度关心，介绍了很多重要的漫画家和研究者给汪家明。1999年，《老漫画》正式出版，广受漫画迷们喜爱。

在和范用交往中，汪家明深受范用设计思想的影响，而范用在书籍美学上的独特气质，由其一手锻造的"三联风格"至今依然是出版社独有的读书人风范代表。

　　早在 15 岁的范用在出版社当实习生的时候，经常被派去艺术家胡考、丰子恺等人家里"跑"封面，有时候要得急，经常立等取取。艺术家就当着他的面赶画，他在旁边看得津津有味，回去就偷偷学着设计封面。

　　几十年来，范用在出版社一直分管美编室，甚至自己上手设计封面，每月召集美编室会议，点评出版的书，并且拿来优秀的设计样本，和大家观摩切磋。范用设计封面喜欢用作者手迹，其中最鲜明的范式就是"读书文丛"，封面上以不同形式排列着作者手稿，再配上一点版画元素，纯白的封面，纯净而朴素，深受爱书人喜爱。其中，像"文化人自述丛书""读书文丛"等，都以其简练、素雅的风格广受读者好评。此为范用设计风格之一。

　　其二，范用认为，"不看书稿，是设计不好封面的。"三联书店出版了很多书话集，像郑振铎的《西谛书话》、唐弢的《晦庵书话》、叶灵凤的《读书随笔》等，还有黄裳、谢国桢、杨宪益、曹聚仁、冯亦代、赵家璧等名家的书话集。爱书成痴的范用，喜欢这些关于书的书，每本书他都投入很大精力，认真看书稿，选合适的人来设计封面，合适的插画来做素材，也自己上手设计封面和板式。

范用还说过："书籍要整体设计，不仅封面，包括护封、扉页、书脊、底封、板式、标题、尾花，都要通盘考虑。"像姜德明先生编的《北京乎》就是通盘考虑的典型案例。书名是启功先生写的，封面画是邵宇画的，封面图章是曹辛之刻的，而整体设计则是范用自己。他把封面平铺开来，从左至右，后勒口、封底、书脊、封面、前勒口，每一处细节都恰到好处，甚至封面上三联书店都没留，只在书脊上印了一个三联 LOGO，因为，在范用看来，这个封面上不能再加任何东西了。

2007 年，范用出版了《叶雨书衣》，精选了自己退休以后设计的书籍作品。叶雨是范用的笔名，"业余"之谓也。署名叶雨的封面设计，都是范用退休后的作品，早先他是出版社领导，不能自己设计自己签发，所以，那时候设计的书，谁帮着制作就署谁的名。《叶雨书衣》是范用出版生涯中的最后一本书。

三

三联风格是范用、沈昌文、董秀玉等几代出版人不懈努力的成果，作为三联独立建制后的第一任美编室主任，宁成春的书籍设计被认为是奠定了三联独特的人文气息的风格。我们每个人的书房里，或多或少都有宁成春设计的三联之书，在他六十余年设计生涯里，总计设计了一千五百多种图书。

宁成春的设计思想深受范用影响，而范用则是鲁迅设计思想的传承者。宁成春曾回忆道："有时候我画的方案总是通不过，书又急着开印，范老就笑眯眯地哼着小曲走来，一只手拿着小纸片，纸片上用软芯粗的铅笔画着他思考的方案，一只手搭在我的肩膀上说：'试着这样画一个''把这个图改一下'……他不明确告知你怎么改，我只能自己揣摩他的意思。"

二十世纪八九十年代，三联书店出版的大量人文社科书籍，在书友中产生巨大影响。这也和三联美编团队极富三联风格的设计分不开，那种有书卷气，简洁朴素，高雅大方又极具个性的三联之风，无疑是在范用、沈昌文等带动和影响下，在宁成春和他带领的美编团队罗洪、张红、海洋、蔡立国等人的共同努力下，形成一种独特的三联美学。

中国近代学术名著丛书、西方现代学术文库、三联哈佛燕京学术丛书、文化：中国与世界丛书、学术前沿丛书、乡土中国丛书等一大批丛书，开辟了一种极具标志性的三联面目，在逛书店时，一眼就能辨识出它们，这就是三联的风格。

《陈寅恪的最后20年》《金庸作品集》《锦灰堆》《城记》《吴宓日记》《世界美术名作二十讲》《我的藏书票之旅》……这些典型三联风格的书，不仅仅是宁成春一个人的书籍设计史，也是中国四十年来出版史的重要标志，更是每位读者书房里的私人阅读史和淘书史。

四

和上面几位不同，刘柠是资深书虫，正是有这样的书虫几十年如一日的阅读和搜罗，才呈现出中国四十年来的出版史的完整的风貌。我有幸造访过刘柠的书房，一幅中国四十年书业的微缩景观历历在目。

这本小书篇幅不大，每一篇都是作为老书虫的刘柠对四十年书业的深情回望。既有对"小开文化在中国"的梳理和考察，也有对"那些逝去的书店"的追思和惦念，而旧书店里的民国范儿，老刊物里的独立态度，都是刘柠书中记述的要角，透过书页，它们正朝我们走来。

刘柠坦言，这本小书与其说是对四十年书业史的致

后花园

书砦

二〇一八年十一月十九日，和杨早兄一起造访刘柠兄
书房，和坐京拥挤的周边形成有鲜明的反差，
刘柠兄的书房整洁有序，既有四季书房之风，
也是我理想中的书房模样，羡然！！
绿茶 二〇一八·十一·十九

刘柠书房

91

敬，毋宁说是一介出版"槛外人"，对这种生态进化史的深情回望。唯期能从棱镜的不同侧面，折射出书业昨日的光影，缀成一辑个人化的书业私史。

拿刘柠梳理的"小开文化在中国"来说，中国小开本文化起于民国时期王云五在商务印书馆主持的"万有文库"，之后形成燎原之势。而改革开放后中国四十年来的书业，小开文化则又是一番漫长的演化过程。

改革开放初期有一套诗集很有代表性，这套上下两册的《新诗潮诗集》，系未名湖丛书，老木编选，扉页上印着"北京大学五四文学社"。老木本名刘卫国，2020年在江西萍乡家中离世，享年57岁。这套"内部交流"的自印小开出版物，有着开风气之先的意义，之后各种"诗歌民刊"和"地下本"纷纷登场。

除了这些民间出版物，二十世纪八十年代，国有出版社也陆续试水小开本系列，如1983年，四川人民出版社的"走向未来"丛书，1984年，人民出版社的"美国史话"丛书，江西人民出版社的"百花洲文库"等。虽然此时小开文化在中国出版社方兴未艾，但这种小本、低价、便捷、多样，已经让读者感受到小开文化的魅力。

到了二十世纪九十年代，小开之风愈演愈烈，1989年，作家出版社的"四季文丛"，1992年，广西教育出版社的"名人之侣回忆丛书"，1994年，海南出版社的"人人袖珍文库"等，已形成一定气候。而九十年代小开文化的集大成者，则是翻译家柳鸣九先生主编的"法国廿世纪文学丛书"。该丛书共十辑，每辑七种，共计七十种。前五辑由漓江出版社出版，后五辑由安徽文艺出版社出版。1985年启动，历时十四年，到1999年完成这"漫长的旅程"。

而在刘柠的书业回望中，三联书店也是最绕不开的一家，对于从二十世纪八十年代走来的老书虫，三联书店无疑是最具人文气质和思想脉动的出版社。而前面已经提到的《读书》杂志、文化：中国与世界丛书、西方现代学术文库、新知文库等，可以说是撬动思想解放的生力军。而"三联小白本""读书文丛""三联精选"等，自然是小开文化痴迷者刘柠的心头好。

进入二十一世纪，小开文化在中国出版业已成平常之事，各家出版社不出个小精装，都不好意思参加书展。但在刘柠看来，江河浩荡的小开潮流，其实是由两股水流汇成，虽然都是小开，却代表了两种不同的文化：其

孤岛阅读

一是改革开放之初，由三联版"读书文丛""新知文库"等首倡的小开平装文化；其二则是廿一世纪一零年代之后兴起的小精装小开文化。前者成溪日久，细水长流，虽未见汹涌，却始终不绝；后者虽中途汇入，但一路狂风骤雨，喧闹奔腾，一泄而过，似乎用力过猛。

小开文化在中国，似乎注定是小众文化之一种，能如此专注于小开文化之流变，足见刘柠对中国出版业观察之细致。经过他一番梳理，我在自家书房流连一番，却也有此下意识的一类。因为这些小开读本，在书架上有着独特的姿势，挨挨挤挤，里外三排，上面还横卧着许多。一眼望去，却反而成为书架上特立独行的品类，其势不可小视也。

2023 年 9 月 25 日 中关村

啃尽诸子百家，不留一根骨头

——蠹鱼身世之谜与千年之锅

它狂爱啃书，一辈子都在啃书，小说、诗歌、艺术、生活、历史、百科……无所不啃。

从长长的序啃到短短的跋，甚至连标点和空白都不放过。啃尽诸子百家，不留一根骨头。

它是蠹鱼，一只爱啃书的虫子。如果不是虫子，它会是一位知识渊博的学者。

它有很多好听的名字，衣鱼、银鱼、白鱼、书鱼、纸鱼……最初叫蟫，出自中国最早的字典《尔雅》。如今，我们统称它为书虫。

它被爱书人视为"书的敌人"，也被爱书人视为自己的写照。

唐宋以来，饱读诗书的读书人喜欢自喻为"蠹鱼"，他们的诗文中也频频出现"蠹鱼"。

第一个把蠹鱼用在诗中的是李白，他的《感兴六首》中，一句"委之在深箧，蠹鱼坏其题"，生动描述了离家日久的李白，写了家信深藏在书箧中，担心蠹鱼啃食了封题。

第一个自喻为蠹鱼的则是韩愈，"岂殊蠹书虫，生死文字间。"此后读书人自喻蠹鱼成风，像北宋苏轼的"蠹鱼自晒闲箱箧，科斗长收古鼎钟"，南宋杨万里的"书生都将命亡书，愿身化作蠹书鱼"，刘克庄"依约前生是蠹鱼，坐窗不觉晓钟余"……

而写蠹鱼诗和自比蠹鱼最上头的要算陆游，有人统计过，陆游共写有蠹鱼诗六十九首，自比蠹鱼的诗就有十一首，如《灯下读书戏作》："吾生如蠹鱼，亦复类熠燿。一生守断简，微火寒自照。"

清代纪昀曾写自挽诗："浮沉宦海如鸥鸟，生死书丛似蠹鱼"，准确地总结了自己的官宦生涯和书虫本性。清代另一位学者、诗人赵翼的蠹鱼诗最是有趣："归里闲无事，仍寻乱帙繁。蠹鱼走相告，此老又来翻。"从蠹鱼的视角，生动有趣地描绘了老书虫扰了蠹鱼们清净之景。

这究竟是一只什么神物？引得历代文人歌之诵之。

带着这样的疑问，中科院半导体材料物理科学家陈涌海多年来孜孜不倦地寻找着这只神秘的虫子。

对陈涌海而言，这不仅跟他专业八竿子打不着，更是大材小用和不务正业。而留着长发扎着小辫唱着摇滚的科学家，本身就是不按常理出牌的人，一曲摇滚版《将进酒》更红透全网，人称"摇滚博导"。

也许出于科学家的本能，他在阅读中接触到蠹鱼，一番查读后顿生考据之意。尤其是蠹痕，在他眼中，其起始与消失，与书法笔画间的起落有着某种神秘的呼应。

爱书人、藏书家挂在嘴边的蠹鱼，其实没有几个人真正见过，这种远古生物之所以至今尤存，一定有它独特的生存本能。尽管以书为生，但当读书人打开书箧或拿起书本时，人家早就溜之大吉，躲到阴暗而安全的角落。所以，书上留下的蠹痕就成了它们"作案"的证据。

书籍常见的蠹痕，大致有三种：其一为圆形蛀孔；其二为沟道形蛀痕；还有一种系水波状从边缘向内弥散形蛀痕。我们看到的大多数书籍的蛀痕是前面两种，而第三种往往会被视为因年久导致纸张松脆而自然脱落，非蠹鱼所为也。

历代文人、藏书家对蠹鱼和蠹痕的描述，往往掺着多重想象和道听途说，未必是亲眼所见。只有周作人在1950年写过的一篇短文《蠹鱼的变化》，真正把蠹鱼和其它书虫的吃书方式做了清楚的区分：

　　文言中只说蠹鱼，其实蛀书的虫另外还有一种，俗语便只称作蛀虫。这是一种蛾蝶类的幼虫，大小略有不同，在科学上该有分别的名称，我们却不知道。大抵蛀孔以直径一分为普通，有些直上直下，若干册的书都打一圆孔，有的在平面盘旋，往往做成西北的窗花模样，书的受害更大，有时竟无法修补。蠹鱼古人一名白鱼，形容得很妙，它在书帙间游来游去，并不打洞，只在卷口及书的上下啃吃。它的吃法大概是在纸上先吐出一点分泌物，使得纸质溶化了，然后吸食，有些旧书两头凹凸不平，或是面上书签残缺，都是它吃过的痕迹。

　　按知堂老人此说，前两种蠹痕乃蛾蝶类幼虫所为，只有第三种水波形蠹痕才是蠹鱼所为，且破坏性最低。

　　相对于文人和藏书家的私人观察，图书管理员和档案保护研究专家的研究更有科学性。三种蠹痕来自不同的虫类是有共识的，不过蛾蝶类幼虫在专家们看来，主要是不同品种的甲虫幼虫。而蠹鱼（衣鱼）有着扁平的身体，强壮的六足以及长长的触须和尾须，这种体形无

十七世纪英国科学家罗伯特·胡克用自己设计的复合显微镜观察衣鱼后，画下的衣鱼。胡克把衣鱼形容成胡萝卜。

疑是不能打洞的，而且它的嘴位于头部下方，只能像食草动物一样啃食纸张表面或边缘。可见，知堂老人的观察是合理的。

这么说来，从唐朝以来，蠹鱼"穿书打洞"可谓是千年之"锅"。

甲虫和蛾蝶类昆虫，它们可能把卵产在任何地方，只不过文人书斋里更温暖更安全。幼虫们破卵而出就是吃吃吃，不管前面是书、柜子、树皮还是其他，吃饱了化蛹，然后变成甲虫从书中钻出，虫去孔空。

蠹鱼（衣鱼）则不同，它以书为家，书斋就是它的世界。文人们每次打开书页，银光一闪，一哄而散。甲虫幼虫们留下的虫洞，这"锅"自然就背到蠹鱼身上了。

对于蠹鱼而言，它们在书斋出生、长大、玩耍，从一本书到另一本书，从一个书斋到另一个书斋，读书人虽不喜它们吃书，也奈何它们不得，尽管采取了芸香辟蠹等无数种方法，久之，也只好默认它们为书斋里的一分子了。

清康熙年间文人张潮在其《幽梦影》中云："无其罪而虚受恶名者，蠹鱼也。"

《寻蟫记》，帮我们揭开了蠹鱼的身世之谜，甩掉了背负千年的"锅"。

2024 年 2 月 24 日 中关村

中文打字机是汉字史的重要一环

　　《中文打字机》在我参加的 2023 年度深圳十大好书评选中，以最高票当选年度好书。榜单公布后，很多朋友来问，这是一本什么"神书"？

　　中国的汉字经历了几千年的演变，但那几千年的演变只是出现了一些字体形态的变化，例如先秦的小篆、汉代的隶书、直至后来的楷书、宋体。宋进入雕版印刷时代。雕版印刷和活字印刷极大促进了后世汉字的规范化传播，使书可以在社会中覆盖式地铺开。

　　不管中国古代的汉字怎么演变，它的基础是不变的，就是中文汉字。然而当西方打字机成为主流文化工具时，人们才看到中文汉字是怎么跟世界文明脱轨的。因为西方是一种"所见即所得"的字符输入模式，这对汉字来讲是非常恐怖的。这意味着，我们要打出汉字，就得想象要有一个巨大的键盘，键盘上装满了汉字，每个字都是一个单体字，不能组合。

1901年，传教士谢卫楼发明了第一台中文打字机。他想象这个打字机是一个巨大的圆盘，圆盘上装了大概常用的3000个汉字，然后在使用过程中你要以最快的速度在这个圆盘中找到相应的汉字。

西方人有一套思考模式，会去区分不同汉字的用途和属性。中国人，起码在那个年代的中国人是不会这么想问题的，他们不会去做这种数据分析，也没有这种逻辑分析能力。所以是几个西方传教士率先去分析汉字的这种情况，比如说每个字在《论语》里是怎么出现的？在《老子》里是怎么出现的？在《十三经》里是怎么出现的？每个字出现的频率是多少？这样他才能梳理出哪些字是常用字，哪些字是生僻字。这样的话，在那个巨大的圆盘里，他就会有取舍，哪个字放在优先能按到的地方。

所以，早期中文打字机的发明家，其实是在做一种思维挑战——我要如何才能打破思维惯性，能不能发明一种没有这么多汉字的巨大键盘。最后，林语堂发明的"输入"这个概念，对于后来的计算机的出现是有巨大影响的。尤其是对于中文来讲，"输入"这个概念的出现，确实对后来汉字的演变有着巨大的影响。

回溯至清代。康熙让曹寅（曹雪芹的祖父）主持编定《全唐诗》，但刊印《全唐诗》需要刻多少块板？一万块。如果你把它想象成一台中文打字机，那会是多么恐怖的状况？从康熙那时候起就有了对刻板的强大需求，到了康熙的孙子乾隆，编了规模更加浩大的《四库全书》。你看，汉字一直是这样固化的状态，一千多年来汉字都没怎么变。到了近代，这些发明中文打字机的人，其实是很难想象汉字要怎么演变的。

当然，民国时期人们没有那么大的需求非得要有中文打字机，因为人们觉得还是应该用手写字。他们觉得写字更快，或者说写字才符合人的思维惯性、思维走向。打出来的字跟大脑有距离，没有办法传达思想。民国人不是很在意打字，但后来有了商务印书馆和中华书局等出版机构的介入，才有了这种海量生产的需求，促使人们希望有汉字打字机。

对于我们现代人来讲，中文打字机这个话题很陌生，因为我们每个人基本上都是从手写直接跃入计算机时代，是跳过中间的打字机时代的。打字机对我们大部分人来讲是不存在的。但作者为什么还要去研究呢？因为如果没有这个过程，你是不可能从早前的写本时代直接跳到互联网时代的，虽然中文打字机是这一百年来的昙花一现，却是汉字史上极其重要的一环。

作者在写这本书的时候也注意到，其实我们的收藏界、研究界、文化界都把打字机时代这一段历史忽略了。所以他要接上这么一段，汉字史也好，文明史也好，文化史也好，他觉得这一段是不能缺失的。他把文化史的脉络做了一个非常重要的衔接，这个衔接往往是被我们忽略的。如果没有这种衔接，我们的汉字流变或者说文字流变，其实是缺失一环的，这本书的意义就在这里。

作者是斯坦福大学历史系教授墨磊宁，作为一个美国汉学家，他去研究这个话题。正如徐冰在这本书的序言里说，这样一本书为什么不是中国人写出来的，而是一个西方人写出来的，就像第一台中文打字机是西方人发明出来的一样。

这一百年的中文打字机史，其实是中文汉字巨变的一百年。我们回过头去重新思考，就像民国时期钱穆在那样一种强大的西方主义的冲击下，他还能坚守自己对中国历史的探索和研究。

当然，如果没有这些东西，这些发明也就不存在了。但这些东西最后怎么走或者怎么变，可能当事人或者是他们那个时代的人是捕捉不到的。我们一百年后再去看，觉得这些人做出了巨大贡献，但他们自己当时觉得没什么，或者说只是努力想去做成这件事。比如林语堂，我们都说他的创作，比如《吾国与吾民》，相对比较少的人会关注到林语堂的发明，但确实他发明的明快打字机对于后世的输入法以及计算机时代是有巨大影响的，尤其是对中国人。

林语堂的思路，打开了我们对中文打字机的过度性思辨。他是"咔咔咔"三下，出来一个字或词组，这对我们现代人来说再正常不过，因为我们就是这么操作的。但从一个字打下来到打三下出来一个字，这是一个巨大的变化和突破。那个时代没人有这种理念，我们需要动好几下才能有所得，这是很难想象的。林语堂贡献巨大，尽管他的打字机没有真正量化生产，但这种输入法的开端很了不起。尤其对于我们现代人来说，几乎每个人都离不开这些输入法，我们的思维就已经是输入法思维，反而现在我们提不起笔来写字。

你一提起笔，就要写汉字，就得一个一个地写，而不是"咔咔咔"那么几下就出来一个字或词组。所以你看，这是从键盘思维方式到写字思维方式的巨大差异，现在我们习惯拿着手机或者电脑，很容易打出一大堆字，但让你提笔写字就变得很难。

让自己的手能保有这种对汉字的输出，就是在感受所谓的汉字之美或说文字之美，只有自己写出来，才能感知到它的味道，因为你写的每个字都是不一样的。所以创造性或者说文字的感觉，其实也是这样，我们写作也好、画画也好，都是这样，几乎没有一个相同的字、相同的一笔。但电脑是完全一样的，手机打出来的也完全一样，这就是巨大差别。

林语堂的输入理念对现代人有着很大启发，能把我们的思维短暂地停顿一下。这是现代人最缺失的东西，我们现代人希望一切东西都要冲上去，或者是说性价比越高越好，从来不想我们可以停顿一下，其实短暂地停顿一下，就可以形成一个巨大的发明。就好比我们拿起笔停顿一下，很多时候想法就变了。互联网时代，大家都希望能用最快的速度、最短的时间获取更多的信息，往往没有没有耐心读完一本书，这也是一个最大的差别。所以，我希望大家能有耐心把这本《中文打字机》读完，就像我们读完以后的每一本书一样。

2024 年 3 月 5 日

"无适，无莫，闻斯行之"

朋友韩浩月每年都和高考生同写高考作文，已经写了十多年。这些作品结集为一本《文章之韵》，讲述自己写高考作文的心得和实操。扉页题签："一起逛书店，一起写文章，一起去远方。"

书中很多文章都曾拜读过，但结集在一起读，又是另一番味道。可见，文章和文章之间似乎有着某种默契，不仅因为它们出自同一人之手，而是那种气质、那种性格、那种气息都是相通的、熟悉的。作者写的时候或许不自觉，但流露于纸端就形成了自己独有的格局。

《文章之韵》第四辑"高考作文十讲"是全书最高光的部分，每一讲都是考生们关心的问题，比如，"如何抓住阅卷老师的眼球？""如何处理重大命题？""作文写跑题了怎么办？""如何引用名人名言？""如何让作文首尾呼应"，以及"如何避免作文中的假话、套话和空话"等，可看出韩浩月二十多年的写作实践，用中学生都能看懂的方式讲述出来，对每一位高中生，都有直接的效用。

如今的高中生，知识储备足够，视野也宽阔，见识也不一般，但为什么还是会发愁作文呢？我想，主要还是缺乏写作的训练，对题材的理解、结构的认识和文字的把握。有多年写作经验的人都深有感受，在写作之初需要借用和模仿一些写作的技巧，以求达到某种规范式的写作，而作文是最典型的范式写作，阅卷老师主要也是盯着那几种范式给分。只要超出这些范式，写得再好，最后的结果可能是零分。

《文章之韵》第三辑，是那些"被收录进语文试卷"的作品。真没想到，浩月有那么多作品被收录到不同的语文试卷中，看来中学生粉丝基础已经很好了。其中，《麦浪的故事》《县城小书店》《从天而降的母亲》《关于老家》《阅读的红利》等作品，我都曾拜读过。现在的中学出题部门，也真是有眼光，海选出这些作品。

《阅读的红利》一篇，入选河南省 2020 年中学语文一模试卷精选汇编。这篇看似轻描淡写的文章，对于中学生来说，如果从中有所启发，会深刻地影响他们的一生。比如说"阅读有点像在银行存款，今天存点儿，明天存点儿，这个月存一笔，下个月存一笔，但别老去盯着累积的数字，否则就是太在意结果而丢失了意义。""阅读的红利不等于阅读功利，功利的阅读是没法造就人的气质的。"

"每个读书人一生总有机会遇到给自己带来巨大冲击的书，这本书出现在青少年时期的概率最大，也不排除到中老年时才遇到。而这本书就是阅读红利的体现，它是你所有阅读积累的成果。遇见它，你便有了一位陪伴自己前行的挚友。人与书的相遇，就像人与人的相遇，这就是阅读行为产生的魅力所在。"

浩月关于阅读的这些观点，我也深表认同。在读书越来越功利化的今天，无目的阅读是多么可贵。我曾经录了好几条视频谈这个话题，引发很多朋友的共鸣和认同。但这些声音对于喧嚣的网络而言，太微弱了。人们都在追求各种名人书单、干货，以及知识付费课程，听各种所谓大咖在夸夸其谈，他们以为听了别人谈书，就像自己读了书一样。"阅读之前没有真相"，所有的书只有自己"读"，才有意义。

人这一生，所经历的各种考试真是太多太多了，自由职业最大的好处是，再也不用应对任何的考试，什么笔试、面试、职称考试、资格考试等，统统没有，可谓是"无试一生轻"。

然而，作为一名海淀家长，无时无刻不被笼罩在考试阴影下，现行的教育不仅考学生，也在考家长。还有全社会无形中形成的"焦虑感"，更是家长们躲不开的"烤场"，几乎每个家庭都架在这个"大烤场"上。

一代人有一代人的"考试人生"，我那一代人，相对而言都是野生的，按部就班一点点长大，该考的时候考，不考也关系不大；而像对于还在上小学的小茶包这一代，要面临的考试和竞争就激烈多了，小小年纪已然是身经百战的"考神"。不仅要应对学校里的各种考试，单元考、期中考、期末考，以及各种课外课的课程考试，还要参与校外的各种竞赛、战队等，同时还有像足球、音乐等其他兴趣类考试，所谓"以考促学"，似乎是家长乐于接受的，也是孩子们的宿命。

人生就是一场大考，谁也躲不了。"无试，并不能一生轻"，我已到"知天命"的年纪了，而这"天命"无非是一轮又一轮逃不脱的"考"与"烤"。

读《论语》，每每羡慕古人，孔门弟子们，有这么好的老师，"有教无类"，同样的问题，不同的弟子，孔子会给予不同的答案。

《论语·先进篇》有一则：

> 子路问："闻斯行诸？"
>
> 子曰："有父兄在，如之何其闻斯行之？"
>
> 冉有问："闻斯行诸？"
>
> 子曰："闻斯行之。"
>
> 公西华曰："由也问'闻斯行诸？'子曰'有父兄在'；求也问'闻斯行诸？'子曰'闻斯行之'。赤也惑，敢问。"
>
> 子曰："求也退，故进之；由也兼人，故退之。"

子路和冉有问了老师孔子同样的问题，孔子给出的回答完全相反，公西华就很纳闷，问老师，为什么你给他们的答案不一样呢？孔子说："冉有平时做事太退缩，所以我给他壮胆；而子路平时特别莽撞，我要压压他。"

而考试只有标准答案，非此即彼，不能自由发挥。真正能有一定自由度的也就只有高考作文了，虽然也是"命题作文"，但命题之下，其实有无限的发挥空间。

正如《论语·里仁篇》中说的那样：子曰："君子之于天下也，无适也，无莫也，义之与比。"

"无适，无莫"，没有规定要怎么干，也没有规定不怎么干。写高考作文也是，通常的要求都是：自选角度、立意自定、自拟标题、文体不限……

来吧，考神们，"闻斯行之"啊！冲——！

2023 年 6 月 8 日 中关村

我的第一本书

我真正意义上的第一本书出版于2011年11月11日，书名《绿茶书情》，由大象出版社出版，系李辉先生主编的"印象阅读"丛书之一。书名和我的公众号、视频号、小红书、B站等平台的账号同名。

2010年6月，我挥别供职七年的《新京报》，转任《文史参考》主编。在《新京报·书评周刊》任编辑期间，编有一个叫"书情"的版面，每周推荐最新出版的新书。这个版面看似简单，实需编辑在速览与深读间精准拿捏。收集海量新书信息，和出版机构对接样书，快速翻阅，并写几十字推荐语。这些新书讯息，对于读者而言是选书导览，对于我们编辑部来说也是一种选题储备。

离开《新京报》后，依然有很强的"书情"情结，继续收集着"书情"信息，编成文档，发给朋友参考。有朋友建议，何不做成一份订阅式的电子杂志？可我不懂怎么弄。2010年8月，终于编完第一期《绿茶书情》，发给朋友看，朋友们表示很有价值，希望正式发布。

在朋友的帮助下，《绿茶书情》电子杂志创刊号PDF版正式发布，上传到共享文库，供大家自由下载。没想到，下载量超出预期，短短几日下载量破十万，很多朋友读后在微博上转发、留言，给了我很大的鼓励。

后来我们都知道这叫"自媒体"，当时我纯粹因为多年的习惯和兴趣，做了这件事，同时在很多朋友的鼓励下乐此不疲地一期又一期做着，共做了十几期，下载量达一百多万。期间，李辉老师帮我向黄永玉先生求了

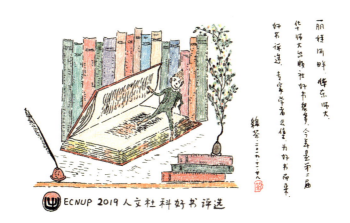

2019 人文社科好书评选

黄永玉书"绿茶書情"

一幅字，上书"绿茶書情"，黄先生在"書"字上摞了很多很多书，鼓励我多多读书，多多推荐好书。

此间，李辉兄在策划一套"印象阅读"丛书，他建议我也编一本。一直以来，对自己写的那些小文章不在意，散落在各个地方，整理起来很费事。但在陆续整理中，渐渐有了乐趣，也是对自己很好的一次回顾。就这样七七八八整理了一些文章，勉强凑出一本小书。李辉建议，书名就叫《绿茶书情》。

这本很勉强的"处女作"，其实对我有着特殊的意义。有了这"第一次"后，写文章自觉地有了一些规划性，有主题地写一些文章，储存在相应的夹子里，等下次再整理成书时就比较容易实现。像2015年，中信出版社策划一套六根的"醉醒客丛书"，六根每人一本。

我的那本叫《在书中小站片刻》，收录了《绿茶书情》之后写的一系列读书笔记、书评、随笔等文章。往后，每次在一本书结集后，新建"二集""三集"……到2022年，《在书中小站片刻》二集由商务印书馆出版。

而关于书店、书房等主题的文章和图片也有相关的夹子在不断积累中。2021年，把之前十来年关于漫游书店的文章结集为《如果没有书店》。2022年，把过去三年画的一百多间书房结集为《所幸藏书房》。2023年，把过去三年走访采写的书房整理后，结集为《读书与藏书》。我的书稿夹子还在不断扩充中，总有两三本书稿如候鸟盘旋等着落地成册——这种"空中编队"的创作状态恰是《绿茶书情》给予我的。

现在想来，"我的第一本书"虽然草率开场，但这次开场让我意识到，写作者应该持有良好的习惯，让自己的"写作夹子"始终处于生长的状态，日积月累，始终在写"我的下一本书"。

2024 年 7 月 10 日 中关村

雪村遠子 2018.11.7

书房

　　我的阅读与写作都在书房，这是我的精神家园，也是我的快乐源泉。只有在书房里，看着那些书，我的心才是安稳的、愉悦的。罗雪村先生为我的书房速写并题写道："书的围城，你出不来，我进不去，哈哈……"

史上最乱书房，每天在书堆中出不来却又乐在其中

书的围城，你出不来，我进不去，哈哈……

绿茶·二〇一八·十二·又

书房里藏着一个人的精神史

"从前有人说过，自己的书斋不可给人家看见，因为这是危险的事，怕被看去了自己的心思。"这是周作人《书房一角》原序的第一句话，知堂先生接着解释道："这话是颇有几分道理的，一个人做文章，说好听话，都并不难，只一看他读的书，至少便掂出一点斤两来了。"

二十多年前，当时我在一家报纸任副刊编辑，编过一个版面叫"书房风景"，从那时候起，有幸走进一个又一个"看得见风景的房间"。对于爱书如痴的我来说，这段副刊编辑生涯，种下了对书房的好奇和迷恋。离任后，这份奇恋没有消失，仍爱走访朋友们的书房，看看他们的藏书，聊聊爱书人那些小趣味。

近些年，突然有了画画的兴致，书房自然成了我画画的主题之一，已画了几百位读书人的书房。去年，选取其中 120 间书房结集为《所幸藏书房》。这些年，画书房成为我抵御荒诞和无常的一种生活方式，能出门时，就去师友书房里坐坐，聊天喝茶画书房。外地师友们，就请他们拍下书房各个角落，对着照片，画下看到的和想象的书房。

过去的三年，我们告别了很多重要的文化人，他们中很多人都曾列在我寻访清单里，诗人邵燕祥先生，早就约好去拜访，一拖再拖，2020 年 8 月，邵先生走了；诗人胡续冬，和我同龄的老朋友，谁能想到他会突然告别，新装修的书房，书还没上架呢；还有翻译家许渊冲先生、杨苡先生、李文俊先生、郭宏安先生……告别来得太突然，让人猝不及防，也越发有紧迫感。

在北大陈平原、夏晓虹教授家，看到书堆如山的客厅，拥挤已经不能描述其程度。平原老师把客厅沙发上的书和资料挪了挪，我们陷在书堆中，开启了"我的书房之旅"第一站。平原老师说，所谓学术训练，就是建立自己的知识地图，即使在这样拥挤的书房，也能有自己的书房小径，知道每一条小径通往什么地方。

赵珩先生是文化学者，赵家是世家大族，自太高祖达纶算起，"一门六进士"，曾祖父赵尔丰为驻藏大臣，署理四川总督，曾伯祖赵尔巽是清史馆总裁，主编《清

赵珩书房"毂外堂"

赵蘅书房

史稿》。父亲赵守俨，中华书局原副总编辑，"二十四史点校本"实际主持人，完整参与历时二十年的点校工作。夫人吴丽娱是中国社科院研究员，国内礼制史研究权威，"二十四史"修订版礼制部分审稿负责人。赵珩先生书房"彀外堂"里有着丰富的"旧时风物"，还珍藏着家族四代人的详尽档案。

另一位赵蘅老师是一位女士，父母都是翻译家，父亲赵瑞蕻翻译了中国第一个版本的《红与黑》，母亲杨苡翻译了《呼啸山庄》。杨苡先生2023年1月过世，享年103岁，见证了一个世纪呼啸而过。舅舅是翻译家杨宪益，把中国的文学经典翻译给世界。

赵蘅老师从小习画，15岁离家到北京读书，早早开始独立生活，培养了良好的自理能力。因为喜欢文学，于是肩负起保管和整理家族档案的重任。如今，赵蘅书房，可谓是一座小型的家族档案馆，她在一点点地梳理和整理这些珍贵文献。作为一名画家、作家，以及文化名家之后，赵蘅低调而平实，她爱爸爸妈妈，对那一代知识分子有着深深的敬佩，希望通过整理他们的文献、档案，进而更全面认识和理解那个时代的精神气质。

刘刚、李冬君伉俪书房"蝤蝳斋"，十六万册藏书

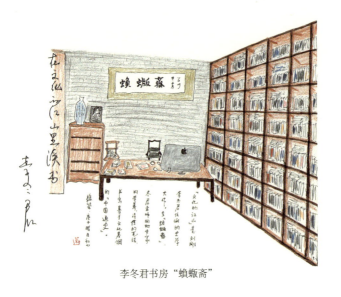

李冬君书房"蟫蝛斋"

让人误以为"天堂"就在眼前。这批书来自一所大学某系图书资料室，而十六万册书变成私人收藏，是一场可怕的"书灾"，家里包括地下室都挤满了书，还租了隔壁单元堆书。后来因缘际会在宁波慈城有了一个院子，这批书终于有了真正的家。"蟫蝛斋"又恢复了往日的舒朗和惬意。每年春节，冬君老师在书架墙上糊上一层宣纸，刘刚老师在上面写字，再放上旧书和儿子刘涵宇的陶艺作品。一年又一年，一层又一层，生活的点滴记忆在书香中弥漫着独有的气息。

香港文化学者郑培凯先生，在美国生活了近三十年。从小喜欢书的他，在纽约、纽黑文、波士顿和普林斯顿等城市淘书，几乎逛遍了这些城市的旧书店，并且从香港邮购大量的中文古籍。美国的家中，就像一座混合古今中外的图书馆。后应香港城市大学之邀，来组建中国文化中心，没想到他从此留居香港。那些美国旧书店淘来的书，很多都没有漂来香港陪伴。

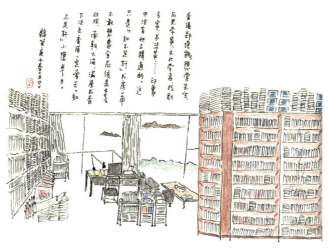

郑培凯书房"知不足轩"

125

如今香港家中的书房，又已经从"书斋"变成"书灾"，四个卧室都被书占得满满的，但郑老师有自己清晰而独特的分类，每个书室都有自己的主题和功能。"面朝大海，春暖花开"，书房有很好的视野，窗外有山、有海，读书写作累了，抬眼看看远山，吹吹海风，这是理想书房带来的书斋生活。

早年在报纸编副刊时，发表过很多钟叔河先生"念楼学短"系列，钟老不止在一篇文章中提及："绿茶是发我文章最多的副刊编辑。"2019 年 7 月，终于得访

钟叔河书房"念楼"

"念楼"。一见如故，开心畅谈。间隙在念楼画书房速写，钟老在小画题写："相知二十年。今日才相见。一见更倾心，珍重此见面。"短短留言让人珍重而感动。

　　谢冕先生说自己书房太乱了，不让参观，我软磨硬泡，终于在他不注意时"偷偷"溜上去，果断速写。学者的书房，大多都是这样乱而有序，做研究和写作，非得是这样的状况不可。不久，谢冕老师干脆写了一篇《乱书房》，发表在《中华读书报》上，并用我的小画做插图。

谢冕书房

文中说："我至今也还没有书斋，尽管我有自己的房子。我'书斋'如今只剩下小小的一张书桌。而书桌的状况更是'惨'：书们，本子们，字条们，它们洋洋得意，成群结队，纷纷爬上了我仅剩的、可怜的'领土'——它们只留给我仅可张开一张纸的桌面！

"温州大学孙良好陪同原先任职《新京报》的绿茶造访寒舍。良好是远道探访，绿茶则是'有备而来'——他要出一本关于当代学人书斋的画册，他执意邀我加盟！为文绍介，或临场素描尚在其次，第一步，当然是要拜访我的书斋！这下我可吃惊不小！先是辩明：我没有书斋；再则婉却，太乱，不好示人！这是实情，我不撒谎。但他们不允，一定要'实地查访'。友情难却啊，何况是挚友远道而来！幸亏绿茶心慈，用心良苦。他的素描删繁就简，居然把我的一团乱局，整治得有模有样！"

走进解玺璋老师家时，他正埋首书桌整理黄遵宪大事年表，在素描纸上自己画出表格，把记录黄遵宪的相关时间、事件抄入相应表格中，他正在准备写《黄遵宪传》，这是漫长的准备期。旁边还摆着很多手抄的旧式卡片。

解玺璋老师是书斋式的学者，对历史事书深
感兴趣。他已经去退休几了，退休后才开始
研究工作。退进来生后实施了这里启迪搞
文艺理论之笔，水准很高。他带本进房间的
画书，这是一不那么顺序的舞容的
一面。坐拥书城大概就是这种感觉吧。

坐拥书城是一种向往，
也是一种书恼. 解玺璋
2020. 11. 16

解玺璋书房

　　如今还用抄卡片这种最传统的研究手法的人已经
很少了，甚至高校里的教授都很少用，但解老师从工人
开始，一直保持着抄卡片的习惯，这么多年来，抄了海
量卡片。他觉得这是做学问的基石，功夫到家了，把卡
片一排，大致的思路就出来了。解老师很惦念工厂时期
的读书生活，那些看似传统的方法却深刻影响着他，在
他的研究和写作中发挥着重要作用。

　　学者书房普遍书多且杂，在他们的研究领域更是有

丰富的谱系化书籍。作家的书房则是另一番风貌，文学写作者不拘泥于一个谱系或某一专业，而是博采众长，广泛阅读古今中外，文学、艺术、哲学、思想、社会、经济……

冯骥才先生可谓是"书世奇人"。他的书房有多处，我只去过天津大学冯骥才文学艺术研究院这处。这里存有他十几万种藏书，分布在不同的空间，供学生们阅读。冯先生在《书房一世界》中说："生活的一半是情感的，书房的一半是精神的，情感升华了也是一种精神，精神至深处又有一种情感。书房里是一个世界，一

冯骥才书房

祝绿茶新书
早日出版！
——梁晓声
2021.3.16
家中

梁晓声老师说，他喜欢把书散落在不同屋子，并没有专门设立书房，每度连醒在哪个屋都能随时拿起来读，如为客厅一角，写作时小狗皮皮会随来坐在旁之感叹到晚上，安静的陪着主人。

绿茶手绘
辛丑立春

梁晓声书房

个一己的世界，又是一个放得下世界的世界。"

　　梁晓声老师和小狗皮皮一起生活在郊区门对门的两个单元里，楼道间铺着地毯，拦着低矮围栏，小狗皮皮可以在两个单元间自由穿梭，一边起居，另一边写作。梁老师写作时，小狗皮皮就依偎在旁边沙发上，时而小睡，时而溜达到另一个屋子吃点东西。我的到来打扰了"爷俩"的清净，看着我们聊天，皮皮觉得无聊，躺在我的帆布包上又睡了一觉。

梁晓声老师说，他现在除了文学书不看，什么书都看。在他看来，读书应该是跨界的，文学的书在阅读启蒙阶段及之后的大学阶段，可看的基本都看完了，所以，现在应该广泛看文学之外的书，既是对写作的补充，也是形成自己丰富看法和认识的基础。这些年，梁晓声老师产量很高，每年都有新作面世。但他自己说，现在的写作，就在不断卸担子，把心里还有愿望写的写出来，写完后，该退场就退场。

田湖的孩子阎连科，他的作品有着对故乡的爱恨交织，用他自己的话说："我真的对家乡不太愿意回去，又不得不回去，这是复杂性的地方。人物回到乡村，情节才扑面而来，要什么情节有什么情节，多么荒诞都能找到内在的合理性。我一定要拉到河南这块地方去，这是乡村给我的礼物，也是我的局限。"

而谈到在北京的书房，阎连科先生说："说得酸或作一些，一般的书房有两种。一是精神客厅，可以自己独自在那儿，也可以请客人、朋友到那儿喝杯精神咖啡什心的；二是自己的精神卧室。这是不宜让外人进去的，因为他（她）和许多书都有暧昧和故事。我的书房不属于这两种，而是精神病院的小单间，别人进去了不

阎连科书房

舒服，我若出来了别人还是不舒服。"

止庵老师书房里，有着读书人羡慕的格局和藏书量，并对书籍品相有着近乎洁癖的追求，可以说，是理想书房的样本之一。他说自己主要的兴趣是文学，其次是历史。年轻时，打下比较好的中国古典底子，一是中国先秦的哲学，二是中国古典诗词。曾经一点点把先秦的书都读了一遍，经部、诸子加上史部的《春秋》《左传》《国语》《战国策》等。止庵把书房比喻为一个读书按钮，书房里的书，都有读的可能性，而这些可能性

止庵书房

就是认知拓展的基础。

去年，止庵先生出版了自己第一部长篇小说《受命》，广受好评。我受命为其小说画了一幅插图，这幅小画是我所有画中最用心、费时最长的一幅。止庵先生所说："读书的速度和写书的速度有一种微妙的关系。"是不是认真写了，一读就知道。

书斋和田野是梁鸿老师写作生活的两翼，在书斋里享受纯粹阅读，感受内心思考的充实感；在田野间观察村庄生态，体味土地坚实的丰富性。而书房，是梁鸿个人生活的另一个私密空间，有着她的阅读趣味、思想底色、审美价值等方方面面的流露。梁鸿老师的书房宽敞而明亮，书架上拥挤而有序，一张宽大的写作桌挨着窗户横摆着，阳光晒在案子散落的书上，闪闪亮亮。

我们的话题从"霸占你的书房"开始。梁鸿老师说，"我觉得写作是挺残酷的一件事情，我们都想写好东西，但你不可能写的都是好东西，而我们对自己又有

梁鸿书房

要求，想霸在别人的书房里不被扔掉，这就让人很纠结，下笔时就有点担心。我想霸占你的书房，应该是对写作者最大的警醒。"说着，梁鸿老师带着我在书房里转悠，意味深长地说："清理书房时往往首选扔小说，你看我的书房里，留下的更多是理论、学术、历史、人类学等方面的书。"

商震最重要的标签是诗歌编辑，其次才是诗人、作家、评论家等，退休后，商震像鱼儿回归大海一样，自

商震书房"三余堂"

在遨游，每天除了吃饭、睡觉，余下时间都在读书和写作。商震书房叫"三余堂"，典出汉末儒家董遇的"读书三余说"。

"三余堂"的书架是五条很厚的木板，没有隔断，这样可以放更多书，横七竖八，那些精装厚书竖在那里，维持着书架上的秩序。二十多年编辑生涯，让他清醒地意识到，必须用广博的阅读增强自己对作品的判断力，大量阅读理论、美学、哲学、历史、地理乃至军事、本草等，三余堂里，有着诗人的阅读记录和专注思考。

和阿乙在同一家报馆同事多年，他是体育编辑，我是书评编辑。文化和体育两个部门虽不在同一层，但因为文学青年偏多，平日里交往频繁，经常在一起吃饭、喝酒、打牌。阿乙酒量平平，通常一瓶啤酒下去，满脸通红，歪倒一边。他总是找个角落的椅子睡觉或者看书，更多时候是在看书。大家都说，体育部的人比文化部的人有文化，举的通常是阿乙的例子，说他手不释卷。

2010年，阿乙出版《鸟，看见我了》之后，一时间引发文坛和社会各界关注，一位文坛新星横空出世。那时候，我也离开报社了，但一直关注和阅读阿乙的作品。在阿乙书房，有一幅诗人北岛写的字"时间的玫

阿乙兄原来和我是一个报馆工作，他是体育编辑，我是图书编辑，那些年在一起喝酒，酒过半巡如此和借。醉了，其实是眼一不离谱看着，几年白，体育编辑成为作家阿乙。"时间的玫瑰"车阿乙身上绽放。

韩棐 二0二0·三

阿乙书房

"瑰"，非常符合阿乙书房的气质。我们聊着聊着就聊到那些年在报社的岁月，他说很怀念那些年的时光。如今专职在家写作，越发觉得当年在一起吃饭、喝酒的日子美好而真诚。

我和杨早、邱小石是多年的邻居，三人一起创办"阅读邻居读书会"。十多年来，我们享受着阅读带来的社交，也共同完成了一些阅读项目。他们的书房也是我经常光顾的地方。

杨早书房相对独立，在有限的空间内，立着好几个显示屏，横着竖着。杨早坐在电脑前，像个电台 DJ 一样，同时兼顾着好几个"频道"，一台电脑打开着正在参考的论文，另一台电脑正下着电影，还有一台则播放着音乐，同时开着微信电脑端。杨早说自己有强烈的好奇心，不管是阅读还是写作，总希望"反套路"，不想做别人做过的事情。杨早曾言："是故卷帙充栋，非小户宜有，而癖者不可无者，缘可随意择选，游目顺心耳。所谓读书，无非浸润涵养四字，但可怡己，未足语

杨早书房

人。书房云云，非为容膝，实存素心。"

邱小石书房则有着早年"读易洞"的气息，简洁有致，低调从容。书房里的书，克制而讲究，邱小石对于城市、建筑、音乐等方面的兴趣爱好，在他的书房里有着充分的体现。每次我们三人在书房聊天，谈一些规划时，小狗"当当"也会参与进来，在我们中间穿来窜去，看谁在说话就凑过去鼓劲儿。

邱小石书房

说到书房，我的这间也是沿墙立书柜，窗前放书桌，与一般书房无二。退休后，想看书了。很奇怪，虽然有书房，但很少在书房看书。每晚，阖家心静时，倚坐床头，拧亮台灯，捧起一本书……

我喜欢在床头柜上堆放一些想读的书，以及报刊。现在床头放有《一九四九·北平故人》《茶生活》《我的音乐生活》《菩声手稿·插图速写》《影原》，还有《凌库》《开着心上海文学》等等。还在床头放个笔记本，记笔思了。有阅读感受时，及时记下来。

书享受选择的应晚，从不让书本进卧室，这卧室就成了我的"卧书房"。

罗雪村"卧书房"

罗雪村是典型的文人画家，尤其擅长文人肖像和故居，这些年看他的画学到很多东西。我自开始画画以来，得到雪村兄特别中肯的鼓励和指教，很多次跟他一起出门写生，在旁边看着他作画，那种自如、随性，笔到画来，是画画最迷人的过程，让我心生敬意，倍感幸运，有生之年得以与画画结缘。

说到书房，雪村兄谦虚地说："我的这间也是沿墙立书柜，窗前放书桌，与一般书房无二。退休后，想看书了。很奇怪，虽然有书房，但很少在书房里看书。

每晚，夜寂心静时，倚在床头，拧亮台灯，捧起一本书……这是一天最惬意的时候。我还在床头放了个笔记本，记性差了，有了阅读感受，就随手记下来。我享受这样的夜晚，从不让手机进卧室，于是卧室就成了我的'卧书房'。"

而像韦力、方继孝、胡洪侠这些藏书家的书房，又是一道独特书房风景。每每走进这些大藏书家的书房，目不暇接，眼花缭乱，恨不能一次性饱览个够，但往往打开一本书就欲罢不能。韦力老说我是爱书人里的异类，爱书而不佞书，而在藏书家书房里逗留，我知道自己也是佞书之人，只不过不敢佞。

我问韦力，藏书意义在哪里？他顾左右而言他："每个人真正能够把握的就那么短短的几十年，年少时轻狂不更事，年老时多苦多病，余外每个人能够自由把握的自如时间就变得更短。而这其中还包含着多少场的爱恨离别，能拿来真正快乐的时间没有多少，既然很不幸有了藏书这样一个爱好，那你就将其努力地发挥到极致。"

他的确是个极致的人。守着几万册古籍善本，却全国各地到处跑，去荒郊野岭寻访古人的故地、墓地。他每一部书都下了笨功夫和真功夫。自 1997 年起，二十多年来辗转大江南北，按照自己藏书的经、史、子、集四部，梳理出几十个寻访专题，按照自己的节奏，一一寻访，即便在经历 2013 年腿受伤的生死考验后，依然没有停下脚步。生命无常的体验让韦力越发珍惜时间，进入"井喷式写作"阶段，并且以超出想象的高产出版了几十部寻访之书。

我曾打趣式地问他，作为藏书家，除了个人志趣外，你有没有一种使命感？这次他很认真地说："人活在世上，总要找点价值，保护和传承典籍只是其中之一种。人生有涯而欲望无涯，我能做出这么一点点，就觉得可以沾沾自喜一下了。从这个角度来说，我的心态可以用'虽千万人吾往矣'来形容。"

认识韦力和方继孝，最早可追溯到 2002 年鲁迅博物馆举办的"中国民间藏书家精品展"，现在我和他二位都是好朋友，也就借由朋友之便经常去他们书房看那些珍贵的藏品。和韦力先生的"芷兰斋"里的中国古典的气息不同，方继孝先生的"双序斋"素朴、雅致，没有大书架，但有一个大大的保险柜，这里珍藏着他一万多通名人信札，这些泛黄的信笺、纸片，有着丰富的时

胡洪侠书房"夜书房"

方继孝书房"双序斋"

代信息，每通信札又有着精彩的历史和故事。

　　信札和其他藏品不同，每一封信都是独一无二的，信里的内容更是蕴含着丰富的信息，还有授信人和收信人之间的情感。研究信札，需要对历史饱有深情，对过去的故事有深深的敬意，这些"私密"的交往，与今天的我们有着一种微妙的联系，冥冥之中递传至今，这是历史的必然。

　　书房里藏着一个人的阅读史，当我们把这些因阅读而形成的思想谱系、文学谱系铺陈开来，就构成了一个人的精神史，并且成就了每位名家在各自领域的独特价值。这是我多年探访书房的收获，也是受到最大的感染和鼓舞。

2024 年 2 月 22 日 中关村

书房里我的阅读往事

过年时，在姐姐家看到遗落在老家二十多年的书，顿时老眼一热……

大学毕业那年，同学们大多在毕业生跳蚤市场清空大学期间的物品，一身轻地开始新生活。而我则忙着把那些年买的书，打了几十个包，叫了一辆面包车，拉到木樨园，搬上一辆开往老家的"卧铺车"，运费到付。爸爸接了这几十箱书后，堆放在姐姐家闲置的阁楼上，二十多年来，我一直惦念着它们……

然而，这二十多年来，每次回乡总是匆匆忙忙，没有机会去看看它们。姐姐的房子先是出租，后又出售，我越发担心那些书会不会遭遇不测，灰飞烟灭。

时隔四年，再次回乡。姐姐搬入新家，大大的客厅，有一面墙是书架。那些被我遗落二十多年的老书，赫然整齐排列在书架上。我站在书架前发呆，看着一本本熟悉而陌生的旧书，犹如见到多年未见的老友。恨不得相拥而泣，把酒言欢。

一本本拿下翻开，陈年的气息扑面而来，没有主人的陪伴和翻阅，它们孤单太久了。我记得每一本书的淘书过程，穷学生没钱，每一次买书都咬牙硬入。学校周边大大小小的书店、书摊，更是每天必巡视一番。口袋里可怜的几毛钱瑟瑟发抖，到底是流入书店还是倒入肚子，纠结再三，多半都流入大大小小的书店。

每本收入囊中的书，都认真地盖上"绪晓藏书"章，再鲁莽地签上自己的大名及购买时间和地点。现在想来真是冒汗，但正是当年的鲁莽行为，留下一些有迹可循的书虫往事，挑几本书勾陈一下。

首先来看这本《顾准文集》，贵州人民出版社1994年9月版。

钤有：绪晓藏书，签有：方绪晓97.11.14风入松。

此时我是风入松书店小店员，一些珍贵的书，或即将售完的书，会偷偷留一本在库房某些角落，发了工资一举买下。这本《顾准文集》是当年风入松书店销售最好的书之一，那时候我负责展台码书，每次把《顾准文集》码上，当日即销售一空。

顾准1974年去世，那一年我刚出生。二十年后，

我在书店做一名小店员，才知道有顾准这样一位思想家，才有幸拜读到《顾准文集》，并深深被震撼。

　　本就发黄的封面，二十多年后越发泛黄了，但二十多年来阅书无数，依然觉得这张封面最是漂亮，低调而有力。后来不管在什么书店、书摊，看着这个版本的《顾准文集》都会毫不犹豫地买下来。

　　遗落在老家的这本 1997 年购于风入松书店的《顾准文集》于我意义非同寻常。尽管那时候我对风云变幻的大时代懵懵懂懂，但因为读了顾准，有追寻和了解那个时代的意愿，开启了自我思想的升级和价值判断。

风入松书店于我也有不同的意义。1996 至 1998 年间，我曾为风入松书店小店员，从事过店内除了收银之外的每个岗位。也正是那几年，拿了绵薄工资的穷学生，有了一点买书的本钱，更大的收获和影响则是因此种下的深深的阅读热情和书店情结。担任书店店员虽只有短短两年多，却影响了我的择业方向以及未来的每一次选择。

2010 年，风入松书店在创始人王炜先生过世后难以为继，无奈闭店。不久前，在中关村大街闲逛时，意外看到一栋大楼二楼拐角打出大大的"风入松书店"招牌，这"海市蜃楼"般的感觉让我忍不住拍照发了朋友圈，引来无数书友的怀旧和期待。

尽管还叫风入松书店，但于我而言，那个风入松时代已经过去，只留在《顾准文集》的扉页上，留在我那笨拙而鲁莽的签字上，遗落在老家的书架上。

还有一本叫《怎么办？》

（俄）车尔尼雪夫斯基 著　蒋路 译　人民文学出版社 1994 年版。

钤有：绪晓藏书，签有：方绪晓 97.6.18 观止。

现在应该没有人知道观止书店了，因为我买这本书

的时候，观止书店已经宣布关门了。他们想把书店的库
存清理出去，找了风入松书店来收购，我和风入松书店
几位懂书的老店员一起去观止挑书，不是全盘接收，而
是去挑书。

　　书店开在圆明园对面挂甲屯临街的一个小门脸，书
店不大，大概有几千个品种，还有一些副本。记得当时

我们差不多选走了一半的书，一个面包车直接拉到库房入库。我当时也顺手在书店选了几本书，三折。这本《怎么办？》就是其中之一。

《万历十五年》黄仁宇 著　中华书局版

钤有：绪晓藏书，签有：方绪晓 97.3.3 燕园。

《万历十五年》首版出版于 1982 年，可以说是中国历史出版物的一个奇迹，到 1997 年我买的这个版本时，书店里已经有无数版本。印象中这本《万历十五年》购于北大二体地下特价书店。当时燕园里有很多家书店，但二体的地下书店价格最便宜，像《万历十五年》这种哪个书店都会卖的书，肯定是哪家便宜就在哪家买。

那真是白衣飘飘的年代啊，读的书真硬，西方的哲学、思想、文学、历史，懵懵懂懂，如饥似渴：《通往奴役之路》《恐惧与颤栗》《理性、真理与历史》《爱欲与文明》《开放社会及其敌人》《非理性的人》《存在主义》《中国哲学史大纲》《古代希腊史》《二十世纪现实主义》……

尽管如今可能啃不动这些书了，但很高兴曾经有过那样的一段阅读生活。这些老书，带着青春的气息，在老家的书架上，等待我每一年回家相遇……

书房里 2020 年的阅读

突如其来的疫情打乱了每个人的生活，从一开始的不知所措，到慢慢习惯、调整，乃至成为生活常态。

读书和画画是我调整状态最主要而有效的方法，一度和小茶包保持每日一画，各画各的，有时候也临摹同一幅画，就这么画了一个多月。后来我们各自找到画画的主题，我通过微信征集朋友们的书房，每天画一个书房，一口气画了一百多个书房。小茶包则热衷画飞机和空难，后来又画了一阵地图和国旗，也画了厚厚一沓。

除了画画，读书也是这一年另一收获。

一

最先的目标是把韦力所有的书都读一遍。这些年他出的书插满了书架上整整两格的空间，而且是里外两层。由于一直在画书房，我先读了《上书房行走》，书中好几位的书房都画过，像陈子善、胡洪侠等，还有好几位书房想画，其中辛德勇先生的书房是直接画韦力书中拍的照片，后来加了辛神微信，把画好的书房发给他。

再读《古书之美》和《失书记·得书记》，这两本之前读过，很快就翻完了。接着准备啃大部头"觅系列"，先选了两卷本《觅经记》，读完发现先前出版的《觅理记》里寻访的宋明理学和这套刚好构成完璧，于是又把《觅理记》读了。这套"觅系列"里唯有《觅理记》由海豚出版社出版，其他均系上海文艺出版社出版的"传统文化遗迹寻踪系列"，目前已出版《觅宗记》《觅诗记》《觅词记》《觅曲记》《觅画记》《觅文记》《觅经记》等。加上海豚社的《觅理记》，齐鲁书社的《觅圣记》，"觅系列"已出版有九种。此后还有《觅苏记》等正在进行中，按规划该系列共计有十二种。

下半年，新的一本《书院寻踪》又出来了，紧着读了这套。好在这期间又把书楼系列读了一遍。《书楼觅踪》是我在中信时策划出版的，重新读发现了很多问题，当时制作匆忙，很多问题都没来得及解决，如果将来有机会再版，一定能做得更好。此外，续集《书楼探踪：浙江卷》《书楼探踪：江苏卷》也读了，这两个省是中国书楼最密集的区域，历代著名藏书楼基本都分布于江南地区。

此外，还读了《见经识经》，此经系佛教经书之经，非《觅经记》中儒家十三经之经。这本书装帧由周晨老师操刀，非常喜欢；《寻访官书局》是他自己主编的一套官书局丛书之一；《书店寻踪》《书肆寻踪》《书坊寻踪》是"芷兰斋书店三部曲"，书中很多书店我都逛过，有几家还是一同去的；《古书之媒》和《蠹鱼春秋》是两本谈古籍拍卖的，不是玩古籍的人，难解其中之味；还有《书魂寻踪》系藏书家墓地寻访之旅；《琼琚集》《琼瑶集》这个系列就是公众号里每月末的"师友赠书录"，这是每月最让人羡慕嫉妒恨帖。

越读越敬佩韦力兄，一个人，一双脚，走出这么多大著，那成百上千的古人和地标，如果他不去记录，也许不会再有第二人去记录，他走过的地方，写出的作品，以致让读他书的人都跟不上，这是什么样的节奏。

2021 年第一天，就收到韦力兄寄来特制的芷兰斋贺年卡。每年都有新惊喜，今年则是《十竹斋笺谱》复刻新年贺卡，精美无比。每年只要收到韦力兄贺年卡，就意味着新的一年就开始了。

二

2020 年初参加东方出版社十大好书评选，获赠东方社再版的张舜徽作品集，有《中国古代史籍举要》《中国史学名著题解》《中国文献学》三卷，后来又在万圣书园买了他的《文献学论著辑要》。张舜徽先生不愧为文献学大家，这几本书非常翔实地普及文献学知识，读后也很有收获。

此外，南京薛冰先生的《书事：近现代版本杂谈》和上海陈子善先生的《中国现代文献学十讲》对了解近现代版本知识也有非常好的帮助，两位都是近现代版本名家，又很会写文章，根据他们所藏，轻松生动地讲述枯燥的版本知识。

对历代藏书家感兴趣，自然也是受了韦力兄影响，先是策划了他的《书楼觅踪》，对历代藏书家和藏书楼大感兴趣，于是又找相关藏书家著作来读。南开大学古籍所陈德弟教授的《先秦至隋唐五代藏书家考略》，清代文献学家叶昌炽的《藏书纪事诗》和台湾学者苏精《近代藏书三十家》基本上把中国上古、中古和近代的藏书家梳理了一遍，一口气读下来，中国历代一两千位藏书大家浮现眼前。

此外还读了一些相关藏书、访书的著作，像黄裳先生的《书之归去来》，谢刚主的《江浙访书录》，陈训慈的《运书日记》，何挹彭《东西两场访书记》以及一本西书《非凡抄本寻访录》，书中那些关于中世纪手抄本的传承和寻访故事，真是无比精彩。还有一套陆灏策划，草鹭出品的"小书虫系列"也是精彩无比，包括《猎书人的假日》《书林钓客》《伦敦猎书客》《书海历险记》《纪德读书日记》等五本小书。每本收录三四篇书虫书话，篇幅不大，很快读完，意犹未尽。西方藏书家、古书商们写这种爱书人之痴，真是极尽诙谐幽默，让人不由感叹这群可爱的人真乃上帝创造的尤物。

2020年读的最后一本书，也是最让我惊喜的是《仓石武四郎中国留学记》。一次我应《北京青年报》书店之邀做"北京书店漫游之旅"，第一站正是带领书友们逛前门和琉璃厂一带的书店。这本书正是一个日本爱书人在中国留学期间在琉璃厂淘书的日记。读来爱不释手，这位仓石武四郎先生真爱书人也，每天除了在北大、师大和中国大学听课外，其他时间都在琉璃厂各书店间淘啊淘，以及和书肆主人、民国学者如钱玄同、孙人和等交往的故事。北大荣新江和朱玉麒两位教授做了详尽的注释，让这本小书信息量十足。我带青睐书店团逛杨梅竹斜街、琉璃厂时，包里就装着这本书，并适时拿出这本书对照着当下地标，讲一讲九十年前仓石先生的琉璃厂淘书记。

四

2020年宋史有点小热，与宋一朝相关的书籍也出了很多。因为参与多个好书榜月榜评选工作，评委优待选了几本来读：《肇造区夏》《宋仁宗》《大宋之变》《汴京之围》等一读而过，对宋史研究诸层面有了一些粗浅的了解。当然，爱宋朝由来已久，多年来，涉宋的书也预留了一些，有时间慢慢把南北宋三百多年历史通读一遍。

不久前采访中国人民大学国学院诸葛忆兵教授，诸葛教授是我温州老乡。他是宋代历史和文学专家，尤其对宋代科举制度研究深厚，五卷本《宋代科举资料长编》是研究宋代科举绕不过的著作。去之前我读了《一帆斋文抄》，书中有收录他回忆在温州读书和教书时的往事，其他则为宋代文学相关论文和随笔。在和诸葛教授访谈中，宋代历史和文学是主要话题，我只能偶尔插个话。临走诸葛教授送我几本他的研究专著，有空再拜读学习。

五

喜欢书店，收集所有关于书店的书。前几年让人无法出门逛书店，只好靠读书店之书解一下内心之痒。谢其章先生编的《书肆巡阅使》收录了我的一篇文章:《香港书游记》，那是 2018 年底在香港逛书店的记录。10月份谢先生安排本书作者在中华书局伯鸿书店群签，是那几年间我第一次出门参加线下聚会。

也先后逛过新加坡、日本大阪和台北的书店，买了一些关于这些地区书店的书籍，我也借着禁足期通过读书再神游一番。《致读者：新加坡书店故事》对新加坡开埠以来的书店史做了全面介绍，我写《新加坡书游记》时多有参考;《京都古书店风景》《东京蠹鱼录》《漫步神保町》是三本关于京都和东京的书店之书，羡慕日本有这么好的书店文化，不知何时才能再去日本，陶醉在这片书店王国;还有台北，先后去过好几次，逛了很多书店，《半世纪的旧书回味》是台北书店观察家李志铭兄回味老台北的书店往事，读来也让人感慨。

此外，钟芳玲老师的书店三部曲，没事时也拿出来翻翻，那些精致的书店风景让人百看不厌。以及《书店东西》《书店的灯光》《我与中国书店》《中国旧书店》等都让人看到不一样的书店味道。

小文《北京书店漫游之旅》在《人民日报》（海外版）刊发后，引起一些反响，多家媒体和机构相继邀约采访或直播，先后给北京台某节目做了一场"成府路书店之旅"直播，和熊亮老师一起做"北京书店漫游"798书店之旅直播，并应《北京青年报》青睐之邀，做了两期"书店漫游之旅"，第一站从前门到琉璃厂的书店，第二站从灯市口中国书店到布衣古书局。

六

日记和书信今年也读了不少，除了前面已经提到的《仓石武四郎中国留学记》《运书日记》这两本关于淘书、运书的日记，还特别推荐《范用存牍》这套关于出版的书。不久前参加深圳十大好书评选活动，我被分配选读推荐《范用存牍》，真幸运因为这个机缘认真地读了这套书。

范用那一代出版人，交朋友，谈书稿，书信是最重要的沟通媒介，范用五十多年的出版生涯，存有三四千封作者和朋友的信札。他不是一般的存，而是一张张贴在牛皮纸上，总计贴了五十多本牛皮本子。这些本子都是他自己制作的，写有编号，封面贴一张没盖邮戳的邮票，封二写上通信人的名字，很有设计感和仪式感。

这套四卷本《范用存牍》收录了一千八百余封作者、朋友的来信。尤其读到劳祖德、黄裳、方成、高莽、流沙河、邵燕祥、褚钰泉、刘绪源、尚晓岚等先逝的朋友们的信，读信思人，回忆当年自己和他们的书信往来，有些信大概都不知所踪，如能像范老一样把这些信都珍藏着，该是对逝者最好的怀念。可惜，那个书信往来的年代再也回不来了。

不久前，应沈迦先生之邀，在布衣书局做场直播，谈词学大家夏承焘，因为都是老乡，沈迦兄邀我一同参与。匆匆读罢《夏承焘致谢玉岑手札笺释》，很羡慕民国时期的温州读书人，也很敬佩那个年代的年轻人，这本手札中收录夏承焘和谢玉岑两位词人的书信往来，他们当时还不到三十岁，而信中讨论的学问和见识却是我们现在完全不能企及的。读书，知不足，也是读书的收获之一。

七

2020年读书最重要的收获是和小茶包共读的部分。有段时间，每天和小茶包共读《论语》中的一句，读完《学而》十六句、《为政》二十四句后，后面又跳着读了一些。小茶包喜欢读《论语》，尤其对孔子一些搞笑的言行乐此不疲，比如《雍也》中的："子见南子，子路不说，夫子矢之曰：'予所否者，天厌之！天厌之！'"当然，这也跟我给他讲过孔子和南子的绯闻有关。他最乐于读的是《论语》中最长的《先进》篇那段"子路、曾皙、冉有、公西华侍坐……"当然，这也跟我特别喜欢这段有关，拿起来总念这段。

《战国策》和《世说新语》也是读得比较多的，这两本主要是我给他读，讲故事。尤其《世说新语》中那些跟三国有关的人物和魏晋名士小时候的故事，他听得很开心。钟叔河先生的《念楼学短》中选的很多篇章也很适合讲给小茶包听。还有商伟选编的《给孩子的古文》，选的篇目很好，但这本书更适合小学高年级和初中学生阅读，我就选了几篇短的和他共读。如《战国策》中的《画蛇添足》，《礼记》中的《苛政猛于虎》，诸葛亮的《诫子书》，苏轼的《记承天寺夜游》等。

当然，小茶包最喜欢、每天都读的是《三国演义》连环画，之后又加入《西游记》和《水浒传》。这些人物众多，绰号满天飞的书，真是小男孩的爱啊！紧接而来的就是各种考题，比如：三国中有多少人姓夏侯？赤壁之战中，谁最先跳上曹军战船？类似问题向我袭来，太难了。于是，我只得找一些相关参考书，如《三国冷知识》《三国：兵争要地与攻守战略研究》等书来武装自己，不至于被问得太下不来台，有时候也适时反攻一下。

小茶包还喜欢听我给他讲一些《史记》中的故事，如《刺客列传》《游侠列传》，留侯张良和黄石老人的故事等。当然，《史记》五十二万字，不是一时能读完的，在不同时期读感受也不同。这部伟大的著作以前一直不敢碰，在这个特殊的年份，让我终于有勇气去读、去感受两千年前中国古人的伟大和平凡，真是让人惊喜的阅读体验。同时也读一些《史记的读法》《时空：史记的本纪、表与书》《史记地图集》《司马迁记忆之野》等辅助参考之书。

八

以上为 2020 年的读书清单，回顾一下，略感欣慰。此外，画了一百多个书房及其他一些随兴速写。

还办了三个小展。一次在河南修武大南坡，左靖兄策展，"书间琳琅——绿茶文人书房画展"，这是我首个个人小展，共展出四十多幅书房画，对我意义非凡；第二次是在佳作书局 798 店。我的小画散布在书店各个角落，这个艺术气息浓厚的书店，进出众多大牌艺术家，小画挂着显得很心虚；第三次就是苏州的"中国书物撷英展"，因为特殊原因遗憾错过现场。

最后，编了三本小书。一本是这些年写的一些随笔、书评等小文章，编成一册《在书中小站片刻》二集，给了商务印书馆；另一本就是画书房，精选 120 家书房，编为《所幸藏书房》给了中信出版社；还有一本记录十多年来逛书店的体验，结集为《如果没有书店》，理想国正在编辑。这几本小书在 2021 年应该都能出版，期待早日与大家见面。

2021 年 1 月 5 日 中关村

书房里我的读书日常

　　我每年大概读一百多本书，有些朋友不解，问我怎么有那么多的时间？又有什么独到的阅读方法？一言以蔽之：就是读，每天读。

　　说来话长。

　　我从上大学开始就痴迷于书，每天都泡在图书馆以及学校周边的书店。那时候学校附近的"海淀图书城"有几十家大大小小的书店，还有风入松书店、万圣书园、国林风书店等大型的学术书店，虽然买不起，但是每天都在书店里泡着，对那些书店摸得比店员还要熟。

　　因为太爱书了，内心有股强烈的渴望想去书店做一名店员，后来鼓起勇气去风入松书店应聘。由于对书店的熟悉以及对书的熟识，老板相中了我。但其实做书店店员并不那么轻松，也没时间看书，每天都在搬：库房来的书、出版社来的书、各种拆包、打包、搬书，分类、上架，所有的工作都围绕着书，每天都在摸书、翻书，以及帮读者找书，尽可能对书店里的书了如指掌，练就了读者无论问哪本书，都能明确告诉对方，有或者没有，有的话，立马去书海中找出来给他。

这可能也是一种冥冥中的注定吧，毕业后做了跟书有关的事情，一开始是在一个网站做读书频道，2003年，《新京报》创刊的时候，我参与创办了《书评周刊》，就这样干了七年。做一名书评编辑，最重要的一项能力就是选书，选好了书之后，找什么样的人来写书评，以及确定了选题之后，应该采访哪些人，从哪些角度去切入等，这些都是书评编辑的基本功。

2010年，离开《新京报》去了《人民日报》旗下《文史参考》做主编，之后，又和许知远一起创办了《东方历史评论》，再之后就去了中信出版社做副总编。2016年离开中信后，至今一直是一名自由职业者。

我在《新京报·书评周刊》时，做的其中一个版面叫"书情"，精选每周最新出版的好书二十本。这些书可能就会进入下一周的选题讨论，确定哪些书值得做书评，哪些书值得做专题，哪些书值得采访作者等。

"书情"这个版面看起来虽然只是一个个小豆腐块，但它的工作量极大，每天要从海量的出版社资讯中精选图书出版情况，再从出版社拿来样书进行判断。这个工作可以说是从 2003 年开始到今天，从来没有间断过，这就是我为什么能够保持对于书籍，对于出版的一种敏感力。

离开《新京报》后，2010 年 8 月 28 日，我创办了《绿茶书情》电子杂志。可以说这是国内比较早的个人自媒体，因为那个时候还没有微信公众号，每期要从海量的出版物中精选五十本新书，给读者提供一份新书导览。这份小小的电子杂志下载量总数达一百多万。做了两年，后来就有了微信公众号，图省事就开了"绿茶书情"公众号。相比较而言，做一份电子杂志太费事了，自己一个人要包揽从选书、分类、定稿，再编排、上传、分享等工作环节。

2006 年，第一次参加深圳读书月"年度十大好书"评选，至今一直是深圳读书月十大好书评委，同时还是全国各种不同类型的好书榜的评委，像新浪好书榜、腾讯华文好书榜、中版好书榜、中国童书榜、首图阅读之城等，以及不同的出版社自己做的好书榜等。

作为一名好书榜评委，需要广泛的涉猎，每年经手或过眼的书大概在两千本以上。其实，任何一个好书榜，所覆盖的书都是方方面面的，专家学者可能只是对他自己门类的书非常有发言权，但其他门类他可能就不会去看，或者说不太关心。而我几乎每一个门类的书都要涉猎，这就是作为职业书评人或者职业书评编辑的一项特殊能力。

每年大概要参加十几个好书榜评选，每个好书榜基本上都是至少一百本的书单。要不是平时这样一种持续的阅读和积累，到年底的时候不可能一口气读得完那么多的书。所以，尽可能把它平摊到全年，这样，到年底来参与评选的时候，才能够做出我的判断和选择。

再一个，因为有这么长的从业经历，所以说这二十多年来的国内出版物在我心里基本上是很清晰的，比如，某本书出版，看到样书就能判断出这本是不是第一次出版？如果是再版，以前的版本大概是什么样？一个作者，他在自己领域的地位如何？他真正的代表作是什么？等等。这些都是多年从业经验的积累，很难说清，但心里很明白。

书跟别的商品不一样，不管是汽车、家具、电器、化妆品或者奢侈品，一个品牌最多几百个品种，但书每年几十万种出版量，如果没有长期的观察是很难做出判断的。

其实，细想一下，一年读一百多本，一辈子才能读多少书？就拿我毕业二十多年来说吧，也就才读了两千多本，如果再刨去一些重读的、每年都读的书，估计两千本都不到，这么一想，就很绝望。

当然，更多的人关心我的读书方法，我一再强调：没有方法。就是读书，每天读书。

时间对每个人都是一样的，所不同的是我们对时间的分配，我把更多的时间用于读书，我很少刷社交网络，看视频以及各种社交软件。这些时间其实占据了我们工作之外的大部分时间，很多人所谓没时间读书，主要是把这些时间都用于刷剧、刷视频、社交了而已。

对大多数人而言，一周读一本书是完全可能的，哪怕工作再忙，这点时间还是有的，如果一周读一本，一年下来也能读五十多本。而我是自由职业，少去了很多通勤时间和社交，三四天读一本书很轻松的，而且，我读的都是历史著作，不是泛泛而读，而是深度阅读，有谱系的阅读。

阅读是层层叠加的过程，随着阅读量越来越大，阅读底座越来越丰富之后，阅读速度自然也随着变快，比如一段历史，有了丰富的知识铺垫后，再阅读这段历史中的书籍，自然会轻松快速很多。

如果我们熟读《史记》，再看汉武帝之前的历史书就不会那么生涩，尤其是西汉建立到汉武帝这"汉兴七十年"的历史，司马迁写得很生动丰富了，再读关于刘邦、项羽、汉文帝、秦制到汉制、汉代士人政治、汉代儒家等方面的书籍，自然就游刃有余了。

而关于《史记》的书，我每年都会读很多，去年就先后读了：《史记地图集》《〈史记〉与〈汉书〉：中国文化晴雨表》《史记冢墓记》《中书令司马迁》《司马迁之志》《时空：史记的本纪、表与书》《血缘：史记的世家》《史记地名族名词典》等。家中的"《史记》专柜"已初具规模，而这样的阅读是典型的"谱系化阅读"，对深度阅读意义重大。

再比如我去年一口气读了十来本"魏晋六朝"的书。首先缘于小茶包对《三国演义》的兴趣，迫使我阅读了三国相关的书，先是啃下三卷本《三国：兵争要地与攻守战略研究》。这套书很专业，对于三国的攻守战略分析得透彻而明晰，大有收获，也让我在和小茶包的互动略占了一些上风。

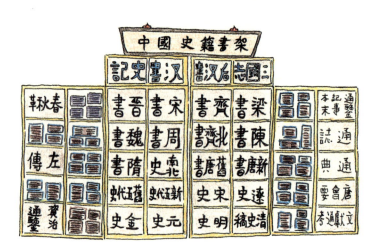

中国史籍书架

170

进而，读了仇鹿鸣的《魏晋之际的政治权力与家族网络》和刘勃的《天下英雄谁敌手》。仇鹿鸣是很专业的年轻学者，他对曹氏家族、司马家族在魏晋之际的权力游戏的分析让人领悟很多；而刘勃老师的文笔和讲故事能力的确了得，之前读他写春秋、战国和司马迁，已经领教了。《天下英雄谁敌手》则把曹操和刘备写得生动鲜活，也大开脑洞。

　　魏晋六朝最显著特色是门阀和玄风。田余庆先生的《东晋门阀政治》，萧华荣先生的《簪缨世家》《华丽家族》，都对我们认识魏晋六朝有着重要的价值。当然，《世说新语》更是认识魏晋必须一读再读的书。

　　这就是阅读的有效路径，通过阅读获得进一步阅读，让阅读延伸出更多空间与方向，而且，尽可能自己去完成这些链接，而不是过度依赖所谓专家的推荐和书单，书只有自己读了才有意义。读多读少不重要，习惯养成了，阅读成为你的日常生活，才是最珍贵的。

　　　　　　　　　　　　2022 年 12 月 2 日 中关村

书房里的读书日记

中国历代读书人，都有写读书记的习惯，宋代有晁公武《郡斋读书志》、陈振孙《直斋书录解题》等，清代有钱曾《读书敏求记》、周中孚《郑堂读书记》、孙星衍《廉石居藏书记》、李慈铭《越缦堂读书记》等。举不胜举，这些著作或为目录学专著，或乃私人藏书读书志。

作为一名读书人，日常化阅读似乎无须赘言。然而，在忙碌的现代人看来，纸质书阅读常被视为难事，甚至是无用之事，手机或网络化阅读才应该是现代人的日常。固然，任何形式的阅读皆有其价值，但生活在互联网世界的我们，如果每天能短暂抽身，离开那个讯息海量的世界，回到书房的角落，捧读心仪的纸书，实为喧嚣世界中难得的清凉。

我一向主张"谱系化阅读"，给自己构建一套有效的知识体系和思考方法，避免零散无序的阅读方式。这比东一本西一本，拿到哪本读哪本来得好一些。人生苦短，留给阅读的时间更是有限，如果能在有限的时间内，专注研读经典而有效的书籍，无疑是理想的阅读姿势。

今年伊始，读到《仓石武四郎中国留学记》。此书为民国时期日本学者仓石武四郎的在华留学日记，详尽记录他每天在琉璃厂书肆淘书、读书、校书，以及和民国文人的交往的日常。日记中，仓石武四郎坦言，他写这组日记是效法清代学者李慈铭的《越缦堂读书记》。"（1930）1.3.初三日。晴，寒甚。偶翻李越缦日记，颇动效颦之兴。"

李越缦日记即《越缦堂日记》，晚清四大日记之一，现存日记起于清咸丰四年（1854）三月十四日，止于光绪二十年（1894）元旦，凡四十年。李慈铭，浙江会稽人，虽一生仕途失意，但秉持求索不倦的学问追求，于经史二学造诣精深。其日记中辑录的读书笔记之识尤负盛名。商务印书馆和中华书局皆有整理本行世。

《仓石武四郎中国留学记》为仓石武四郎先生在中国游学几年的记录，其中"读书记"部分为《述学斋日记》，记录其在中国最后八个月的读书生活，自1930年元月1日至8月6日。日记中提及民国旧书肆数十家，交往民国文人数百位，典籍善本更是阅目无数。生动再现了民国书业的日常图景。"点书竟日……校书竟日……赴琉璃厂文昌馆看封书……"这些日常记录有着民国书店业丰富的细节，今天读来，唯实羡慕那个书业的黄金时代。

而另一部扬之水日记《〈读书〉十年》，则记录了扬之水自 1986 年 12 月 15 日到三联《读书》编辑部上班，截至 1996 年 4 月 15 日调入中国社科院文学所，总计十年的日记。所记多为：《读书》编务（取稿送稿，读书日活动）、买书记录、读书记录、友朋往来等。交往最多除读书编辑部成员，再就是冯亦代和丁聪，两位都是《读书》杂志重度参与者，取稿、送稿，取版式等。此间，还包括扬之水最频繁交往的几位文化老人有钱锺书、杨绛、徐梵澄、金克木、王世襄、张中行、赵萝蕤等。

读完三卷本扬之水《〈读书〉十年》，被扬之水老师的勤奋和学问深深折服。

"往编辑部……发稿一日……读书一日……往北图阅书……和老沈及编辑部同仁吃包子……往丁聪先生处取版式……往冯亦代先生处取文章……往谷林先生处取

校样……拜望梵澄先生……去人教社访负翁……往北大访金克木先生……访王世襄先生及师母……访赵萝蕤师……与遇安师见……往社科院访杨成凯……到范老板家送书……陆灏来京，邀其访梵澄先生……老沈又乱发一通脾气……"

摘录其中一天日记：（一月十四日）忙乱一周，终于可以坐下来静静读书了。年来过手之卷，怕也有千数了罢，读至忘情处，真是全然忘却书外的一切，唯此为乐。明白陷入其中是为大忌，但既已知自己非学问中人，便做一书囊，书痴，乃至书橱，岂不也是人生一种。钱锺书有论："读书以极其至，一事也；以读书为其极至，又一事也。"其本意是论辩沧浪诗说，而今我即取此后者为事，就最得人生之趣，故长快乐。所不乐者，是仍需勉力工作，以赚取购书之资。好在供职于《读书》，总算不稍离于书。

一日复一日，十年间，从《读书》小编赵永晖到学问大家扬之水。"梙柿楼读书记"无疑是最优秀读书日课，也是最让人羡慕的编辑日课。如今，扬之水老师已是德高望重的学问中人，研究大著频频出版。而这些成就，在读完她十年读书日记后，深有感触，一位学者的

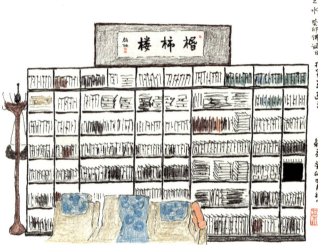

随喜时为狮子卧
安心好作野狐禅

扬之水 蒙印佛诞日

拈笔率画之！

绿茶爱印四月初八

这几年连续拜之水老师至作，从久慕芳清
至记之偶尔毒素之动，网络名物新沄之久慕十岁一角到了
《中国金银器》等，楷楷楼楼里的阅居风景让人
蒙素，日高有事迫访"楷楷楼"，得见风采一番。

楷柿楼

扬之水书房"楷柿楼"

养成，就是基于这样的读书日常。

自3月始，我亦决定效仿前辈学人，记录每天的所读、所想、所思。转眼一个多月，越写越觉得充实，原来看似日常的读书生活，白纸黑字记录下来，给人一种充实满满的感觉，在记录时重新回味阅读时的体悟、快乐和趣味，实为读书人最幸福的时刻。

"潮平两岸阔，风正一帆悬"，这是唐代诗人王湾的诗句，我觉得很符合我们对待阅读的态度。读书应该是对自我修养的注重，而不应该抱有太功利的目的。日常化阅读，就应该是这样一种态度，正如行船于潮平的河道上，懂得欣赏两岸开阔的风景。

2023 年 11 月 15 日 中关村

书房里珍贵的"群签本"

家里有读不完的书，也有很多书需要处理以腾出地方放新书。书搬来搬去其实挺累的，但带来的惊喜也很多。每个读书人的书房里，都藏有很多秘密，埋了不少宝藏。有空时倒腾倒腾书房，会有很多惊喜铺面而来。

尤其是成千上万册签名书，那上面记录着人与书的缘分，人与人的缘分。意外翻出两本"群签本"，让人无比惊喜。这两本书叫《开卷》和《凤凰台上》，是南京《开卷》杂志编的两本合集。

南京《开卷》是董宁文创办的民间读书杂志，已有二十多年，当代文化人几乎都是《开卷》的作者，我也有幸成为《开卷》赠刊读者，常年享读《开卷》。这本杂志以朴素的装帧和文风，专注读书人的日常生活和故事，懂得读书人的品性和品格，在读书界享有盛誉。

大概十三四年前，《开卷》杂志主编董宁文先生，在北京召开《开卷》《凤凰台上》这两册书的发布会，邀请众多北京文化界的名家到场。我当时在《新京报》编文化版，也应邀参与了这场盛会。

《开卷》和《凤凰台上》是杂志精华选集，系《开卷》杂志一次阶段性好文展现，让人进一步认识到一份杂志，他走过的路和他想营造的文化氛围。董宁文先生作为刊物主编，用心经营围绕《开卷》的文化人脉，常年给作者赠阅刊物，并不时走访，和文化老人们聊天，沟通感情。看起来是很传统的编辑和作者的关系，却是最真诚的情感链接。同为编辑，我不得不承认自己这方面的不足，守着那么多文化老人，却很少走动。

这次会议邀请的文化老人，大多也是我任编辑的副刊作者，也都认识，但见面不多，所以，能在一次活动中和他们相聚，很开心。借由会议间隙，我拿着两册书请与会的文化名家们一一签名，留下了这本珍贵的"群签本"，签名的有：资中筠、陈乐民、陈四益、李君维、李文俊、张佩芬、吕恩、屠岸、姜德明、方成、蓝英年、扬之水、止庵、谢其章、李辉等。

十多年过去了，今天翻出这两本"群签本"，愈发觉得珍贵，其中，陈乐民先生、李君维先生、李文俊先生、吕恩先生、屠岸先生、方成先生、姜德明先生等几

位先生已先后过世，书中保留的这些签名就成为对于他们最深刻的记忆。

签名中的李君维先生，这个名字很多人不太熟悉，但他的笔名"东方蝃蝀"在民国文坛特别重要，曾先后任上海《世界晨报》《大公报》编辑、记者。他的作品具有典型的海派文风，曾一度被论者与张爱玲并提，代表作品有《绅士淑女图》《名门闺秀》《伤心碧》等。

我曾约稿并发表过东方蝃蝀先生的作品，当时很多同事来问，这作者叫东方什么？这蝃蝀二字，取自《诗经》，《诗经》中有一首《鄘风·蝃蝀》："蝃蝀在东，莫之敢指。女子有行，远父母兄弟。"蝃蝀，意为彩虹。古人以为婚姻错乱则会出现彩虹。这是一首讽刺古代女子私奔的诗。李君维先生的作品多关注女性，书写淑女、名门闺秀的命运抗争，所以，借由《诗经》的"蟋蟀在东"，而取笔名东方蟋蟀。

还有陈乐民和资中筠伉俪，那时候，陈乐民先生已经患病在身，能来参加这种聚会着实不易。如今，陈乐民先生已经过世十多年，资中筠先生平日里与钢琴为伴，我每次去探望资先生，墙上挂着很多陈乐民先生的书法、画作，依然能感受到陈先生的音容笑貌。陈先生的藏书也完好保存在书架上。

还有翻译家李文俊、张佩芬伉俪，也给我写过很多文章，那些年也去家里探望过，如今不做编辑了，很多年没再去拜见。有一年去中国社科院戏剧评论家童道明先生家拿稿子，童先生刚好住李文俊老师楼上，下楼的时候顺便去拜望了一下，那已经是好几年前的事了。如今，童道明先生和李文俊先生也已作古。

回看这一个个签名，回忆起与这些文化名家交往的点点滴滴，有机会还是应该多找机会去看看老人们，听听他们讲述的往事。

2022 年 9 月 21 日　豆各庄

书房里的乡愁

谈乡愁，不管东西南北的人，似乎都差不太多，无非是想念爸爸妈妈，思念家乡亲朋，还有那想起来就流口水的家乡美食……所不同的是，有人能表达出来，有人却不知道怎么表达。比如林海音用《城南旧事》、琦君用散文、余光中用诗歌、罗大佑用歌唱等，还比如鲁迅、周作人的绍兴，沈从文的湘西，萧红的呼兰河等，都在表达他们的乡愁。

那么，我的乡愁有什么不同呢？我主要是用阅读来缓解乡愁。我的书房有几个书架是专门存放故乡之书的，凡是跟故乡有关的书，以及故乡作者写的书，都归入这个书架，久而久之，已经很有一定规模了呢。

老家有很多乡邦文献研究和文学创作者，如方韶毅、卢礼阳、沈迦、东君、孙良好、周吉敏、周功清、黄崇森、陈以周等，还有旅居海外的作家张翎、陈河等，他们常年孜孜不倦钻研、挖掘、研究和创作，所编所著实在为我打开不一样的家乡阅读视界，并感受到家乡文化的博大精深。

我老家温州，历史上是蛮夷之地，直到东晋衣冠南渡，才设置永嘉郡，唐高宗时，才有温州之名。而温州迎来真正的文化繁荣，则要到宋廷南迁临安。

南宋以降，温州的文化传统一直很盛，历经元明清三代，渐渐形成很多世家大族，至民国时期，已形成深厚的文化积淀。温州文化名家在全国的影响力亦是不减，郑振铎、夏鼐、夏承焘、马公愚、刘景晨、刘节……文学上，则有琦君、唐湜、马骅、林斤澜……

我喜欢历史，自然很关注温州的历史著作。温州博物馆研究员胡珠生先生的《温州古代史》和《温州近代史》，清晰地梳理了温州全史，一目了然。而作为一名地图控，《温州古旧地图集》也是我钟爱的书，收录了温州历代不同时期的古地图，阅读时有穿越之感。

还有《温州经籍志》《温州市志》《平阳县志》等关于温州的历史、方志等书籍，都是我经常阅读的书。还有一本《苍南乡思》，是老家苍南县委宣传部编选的，主编为陈以周兄，所收录的文章，均为苍南籍作者，每篇文章都有浓浓的乡思，以及对故乡的惦念和回忆。我

12畔 渔船

我家渔民出身，对小渔船有特殊感情。
小时候，在江边玩耍，见的最多的就是渔船。
当时不觉得渔船漂亮，多年后至四故乡，
见江畔停靠着少数几条渔船，突绕漂亮而朴实。

——采茶 二0一五、三、二六

江畔渔船速写

的一篇写"六根温州行"的《一次次的离乡与返乡》也收录其中。

很庆幸有这么多故乡之书，可以缓解我的乡愁，甚至可以称之为"乡喜"。通过这些阅读，对家乡文化的认同感、亲近感进一步加深了，更有意愿能参与一些事情。虽然方韶毅拉我加入，成为《瓯风》编委，但多年来没有做什么事情。从去年开始，主动提出为《瓯风》撰写"温籍名家书房"专栏，先后采写了北大中文系钱志熙教授、人大国学院诸葛忆兵教授、画家赵蘅等。

虽是如此，我还是很少写故乡文字，总觉得离故乡太远，少有那种亲近感和深切感，更多的仅仅是回忆。藉由这么多年来的故乡阅读，再回乡，看到的故乡风物和人情应该会有很多不同，也感受不同，那个故乡也许才是我最想回去的故乡。

2023 年 3 月 3 日 中关村

书房里的直播间

读书人为何也难以抵挡视频时代的侵袭？那些在直播间带货的主播是真正的读书人吗？那些在直播间买书的人是爱读书的人吗？这一年来，我一直困惑这些问题。直到自己也走入直播带货之路，这种种困惑似乎有了一些答案。

并不是所有读书主播一开始就是读书人，但随着他的直播间流量越来越大，必须面对滚滚而来的书籍，面对直播间网友不断的提问和求讲解，他也必须让自己快速成为一名读书人。尽管每天直播很忙很累，但对于粉丝而言，直播间背后的人，必须坚持阅读，才能不丢失粉丝们的信任。

并不是所有在直播间买书的人一开始就是爱读书的人，但随着买书越来越多，读书也就越来越日常了，和主播之间的沟通和互动也更频繁了。渐渐地，读书的习惯就养成了，并且会给主播提出更高的要求和更难的问题。这是良性的互动，直播间就像一个沉浸式话剧现场，台上的主播和台下的粉丝都成了剧中人。

尽管我依然保持着全年一百多本书阅读量，年终参加十余个好书榜评选，并持续在媒体撰写专栏，写约稿，像一个传统媒体人过着自由写作生活。但突如其来的视频和直播确实有点让人手忙脚乱，其中的乐趣和挑战也随之而来。

家门口堆着越来越多的书，几天不开箱就把门堵得严实。还要不时去出版社选书，逐步调整和优化直播间的品类。直播间就像一个无底洞，只会让人越陷越深，多少书填充进来，掉下去都没有声响。一本原本很受欢迎的书，很快就被冷落，再也无人问津。所以，需要有发现的眼光，帮粉丝们找到让人眼前一亮的好书，还得说出人家不得不买的理由。

对我来说，一切才刚刚开始。我还没有形成自己直播间的话语体系，也不清楚我的粉丝喜欢什么样的语调、什么样的表情、什么样的眼神、什么样的节奏，以及什么样的讲书话术。

我想象中的直播间，应该是这样一种存在：橱窗里每一本书都是我精心挑选的，并且都是认真看过的，也希望都有机会跟粉丝们分享。粉丝们不管是听了我的分享买的，还是主动买的，都能给他的阅读提供有效的营养，并慢慢在我直播间里形成"阅读的闭环"。

"阅读的闭环"是我和朋友们办的读书会，十多年来渐渐形成这样的阅读理念："阅读—思考—分享—写作"。参与我们读书会的书友们，十多年来在"阅读的闭环"影响下，全面认识了阅读的真谛，并且从阅读中享受到乐趣，也享用了收获。

我凭借多年专注于读书的经验，分享一个方法，叫"阅读的闭环"。看看是否能缓解一些大家读书时的困惑。什么是"阅读的闭环"？简单说四步：阅读—思考—分享—写作。下面一一来讲。

1. 阅读

无论如何，开始读是前提。我和朋友们组织了一个读书会，已经在一起读了十几年书，有书友一路跟着我们读了十几年书，其变化明显可见。从最初不敢说话，不会表达，不知道读什么书，到现在保持全年五十本以上的阅读量，并在自己所在的公司创办读书会，影响着另一个群体。

当然，怎么选书？怎么读书？是阅读过程中需要慢慢完善的。我们读书会也是从最初没规划的"泛读"，慢慢趋向"谱系化阅读"，以及到如今"走读"。这是一种必然趋势。读书，不存在唯一的方法，而是在阅读中慢慢形成的，适合自己才是最重要的。不要相信那些所谓的"名人书单"或"主题书单"，而是要在自己的阅读中，慢慢形成自己的书单，这才是读书沉淀在自己身上的价值。

2. 思考

阅读时，思考是伴随而来的，这是人的思维本能。但是思考的完善则基于大量的阅读，在我们读一本书、一个人或一个主题时，你过往的阅读经历会随之被启动，进而和当下的阅读形成互动，读到会心处或矛盾处，你大脑里的思想市场会进行重新交易，形成新的认识。这就是"思维的乐趣"，也是阅读的乐趣。

如果阅读过程中没有这种"乐趣"，阅读自然也就缺乏动力了。所以说，大量阅读是生成这种"乐趣"的土壤，只有我们的阅读系统足够强大，大脑里形成的阅读场域才能足够丰富。而我们的视野，认知也会随之不断拓宽，你所认识的世界，其实就在你的阅读边界和思考边界中慢慢形成。

3. 分享

　　虽然说读书是私人行为，但与同好分享却是阅读中很重要的因素。在我们享受了阅读的乐趣后，如果不能与同好分享，这种乐趣是短暂的，而分享的过程会让乐趣蔓延，并且在分享过程中又会得到对方的回应，形成新的思考。这是我们多年读书会养成的良好习惯，每个人都要分享自己的读书所得，尽管每个人的见识不同，但分享的同时，会让一本书变厚，变得生动而丰富。每个人都能从书中捕捉到自己的收获，而这些收获的集合，会形成更大的收获。

　　所以，在我们的读书生活中，如果能找到一些志趣相投的人，在一起不管是读书会也好，或其他形式的聚会、分享也好，都是非常重要的，这种基于阅读的社交，会是我们读书生活中最贴心的关照，让我们对阅读更爱一分，更享受这种形式带来的心灵安慰。

4. 写作

　　当然，分享的同时就会形成文本，在此基础上，自己就可以把这些文本重新整理、修订成文，也就成了写作。写作是阅读闭环的终端，他会沉淀成一篇篇文章，让阅读和你自己形成深度链接，而不是读完就完了。

而这些读书笔记或书评，可以通过媒体或自己的公众号发布，与更多读者分享。久而久之，形成自己的写作能力。这正是"读书无用论"最有力的反驳。

我也希望，我的直播间也能形成"阅读的闭环"，可能和线下的读书会稍有不同。可以改良为："分享—购买—阅读—写作"。其中，阅读、分享和写作都是不变的，只不过调换了位置。最终，闭环的终点都是写作。我相信，每个坚持的阅读者，最终都会有这样的收获。这是阅读带给我们最丰厚的礼物，希望我的直播间的朋友们都能获得这份幸运。

我会继续守候在直播间里，等待大家来来去去，我也将继续自说自话，唠唠叨叨。随着年龄越来越大，越发趋向"社恐"，而直播间满足了我这样的"社恐"表达的欲望，也激发了我对很多问题新的想法。

2023 年 12 月 22 日 中关村

IA

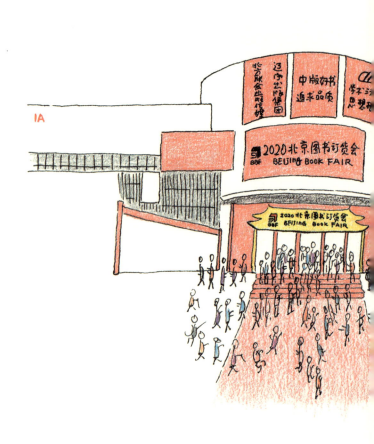

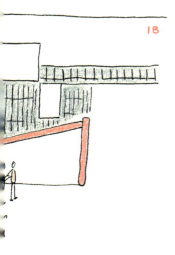

1B

书榜

　　每年参加多个好书榜评选，几乎是我工作和生活中重要的内容。有几年，我用画画的形式记录参与的好书榜。这些年，结合现场发言，写了一些"评书记"。

定名与目睹

——2022 年深圳十大好书评书记

十多年来，每年 11 月我都去深圳参加深圳读书月的年度十大好书评选活动。2022 年，因种种原因无法到现场参评，大家只能通过线上的方式完成评审。虽然没有线下评选那样的互动和争论，但每位评委对自己认领的书，都深度阅读并做了充分准备。我认领主推的书是扬之水的《中国金银器》和赵世瑜的《猛将还乡》。

我也做了充分的准备，评委们听取了我的评审意见后，扬之水的五卷本《中国金银器》顺利入选十大好书，而另一本好书《猛将还乡》遗憾落榜。

初评的时候，评委群里围绕这套书要不要进前三十名有不少讨论意见，有人认为部头太大，偏专业研究，不太适合推荐给大众；也有评委贴出网上对这套书的一些质疑，我看了一下，其实不是对这套书学术分量或研究方法的质疑，而是说这套书在"炒冷饭"。原因是，在此之前扬之水出版过《奢华之色：宋元明金银器研究》《中国古代金银》。

扬之水研究中国金银器已有近二十年，在此期间出版阶段性学术成果是很正常的，而这套五卷本的《中国金银器》则是她对这一课题研究的集大成之作，可谓是一部"中国金银器通史"，从先秦贯通到清代，有着完整的体例和研究方法，而不是对上述两部作品的"炒冷饭"。

当然，这部书并不是"通史"的写法，而是为金银器物做传，研究它们的审美价值、实用功能、制作工艺、在日常生活中的应用等，或许可以理解为一部中国古代物质文化史，或是物质生活史，甚或是工艺美术史。

因为篇幅关系，不能过多分享书中关于几千年来的金银器史，在我看来，这套书有两方面重要的价值。

其一，是"定名"。中国历代留存下来的金银器太多了，不是每一款金银器都有固有的名字，"定名"，对于古代器物研究尤为重要。这二十年来，扬之水为很多古代器物"定名"，并且多被认可，进而很快"公有化"，成为展览或图录中的器物说明，这些"定名"也进入很多研究者的著作中。

别小看"定名"。《论语》中："子路曰：卫君待子而为政，子将奚先？子曰：必也正名乎！……名不正，则言不顺；言不顺，则事不成；事不成，则礼乐不兴。"为古器物"定名"或找到它古有的名字，对于这些器物在当今的"身份认同"尤其关键。

我们去博物馆、展览馆看古物展览，展览牌上的器物名和说明文字，都是像扬之水这样的"定名者"默默

深圳读书月线上评选速写

的工作成果。她以前有一本书叫《定名与相知》，就是记录在参观博物馆，并为很多器物"定名"的过程。这项工作需要海量的阅读，调用大量的史料，从中确定某件器物真正的"身份"和"命名"，这是很占时间的工作，却是器物研究者首要的工作。

其二，是"目睹"。书中收录的几千张器物图片，都是扬之水这么多年跑博物馆、展览馆、考古现场，目睹和拍摄的，几乎每一件器物都见过，拍过，近距离地观察和研究过，而不是看看图册，翻翻资料得来的。当然，中国已有的金银器还远不止这些，没有见过的就不往这里写。还有一些考古挖掘出来的金银器，如果考古报告还没出来，也不往这里写。书后附录"图片来源总览"有一百多页，记录每一件器物的藏处，以及图片获取方式，主要是"自摄"。

所以，扬之水的金银器研究，不是书斋里的学问，而是用脚、用眼、用心一点点积淀出来的。二十年来，她走遍中国大大小小博物馆和文物考古机构，先后七次去奈良观摩"正仓院展"，把散落世界各地的中国金银器，以她的方式打捞和呈现，让读者全景式地看到这些古物的前世今生。

可以说，《中国金银器》将是中国未来金银器研究绕不开的一部作品，也是中国爱书人书房中不可或缺的一部作品，从内容到形式，这套书都堪称绝佳。

其二，《猛将还乡》。这本书看书名大家可能会觉得奇怪，"猛将"到底是什么意思？在太湖东山那一片区域有几十个自然村，他们有一种民间信仰，叫"抬猛将"。每一个自然村都有自己的"猛将堂"，每年会举办"猛将出巡"活动，每个村子抬着自己的猛将，一个一个村走过来。类似的巡游活动我以前在泉州见过，他们的"妈祖巡香"就是这样有着深远传统的民间信仰活动。

作者赵世瑜老师是北大历史系民俗学研究专家，他对这个猛将信仰做了全方位考证，参考了很多史料，其中有一个史料讲得最详细，是一个清朝雍正年间的吴县读书人叫沈谦涵，他专门写了一篇文章叫《刘猛将考》，文章不长，大概也就一千来字，但对于刘猛将在民间的流行，有非常详细的考证。经过他的考证，最典型的有四种说法，其中，刘宰和刘承忠被一笔带过，重点讨论的是南宋刘琦和他堂弟刘锐，这兄弟俩可以说是刘猛将在民间形象的基本共识。所以说，刘猛将信仰的传统大概源于南宋，但真正在民间广为流行是明清两代。

这本书还有一个副标题叫"洞庭东山的新江南史"，对于江南，我们一直有固有印象，觉得这些区域文明程度比较高，生活方式比较安逸、讲究，而这本《猛将还乡》提供了另一种江南面向。

因为我老家也属江南，浙江温州，也有一些很地方性的民间信仰，而以前我很少关注这些民俗对于小地方的意义。在北京生活久了，反而很牵挂家乡的一些变化，以及老家一些祠堂、宗庙、古桥的拆除信息，常为之惋惜。老家有很多搞地方文史的朋友也在呼吁保护地方性的习俗和文化、历史。

所以，对于我们这种有地方意识和故乡认同感的人，这本《猛将还乡》很有意义和价值，这种研究范式也是很多从事地方文史、民俗研究的人应该参考和借鉴的。但这本书因为有很强的地域性，对于像深圳读书月十大好书这样有全国影响力的好书榜而言，不一定有入选竞争力，但确实是一本好书，推荐给大家。

2022 年 11 月 30 日 中关村

西部与中亚

——2021 年商务印书馆评书记

据商务印书馆执行董事顾青先生介绍，商务今年出版品种共一千二百多种，这惊人的数字让在场评委感到不可思议。评委们之前收到一百本入围书单，显然是馆里层层筛选后的结果，每位评委可以提前选十本书来读，便于现场做更充分的讲解与分享。

商务印书馆评书有一传统，各分馆编辑 90 秒荐书。九年来，商务印书馆的编辑们的荐书水平越来越高，在短短 90 秒内，他们能将一本书做出充分而精准的讲解，让评委们在信息量风暴中也能抓准重点，抓紧时间翻阅更多的入围好书。整个上午，目不暇接地翻阅着一本又一本好书，内心充满惊喜与纠结。

下午评委分享环节，又是一轮精彩纷呈的信息风暴。不同评委从自己熟悉的领域，对不同类型的好书做精彩点评，有些书经由专业点评后，无形中坚定了评委的选择，也打消了一些纠结。喜欢参加各种类型的好书评选的我，最享受的就是这个分享和讨论环节，哪怕有时会有争吵都觉得无比享受，让好书的优劣在争论中突显其价值。

我在 2021 年的商务好书榜入围书单中，读出一个有趣的小主题——西部与中亚。首先是《丝路风云：刘衍淮西北考察日记 1927—1930》。关于西北考察团的书籍和文献，一直是出版界很重要的板块，从民国时期就开始了。当时，以傅斯年为代表的中研院史语所和以北大马衡为代表的北大系，在西北考察团资料的研究和出版方面，有着不同的意见和述求，一度吵得很厉害，在傅斯年写给友人的书信中以及《马衡日记》中涉及很多相关内容。

其中一部分在傅斯年的强力推动下，率先在商务印书馆出版了一批。后来北大、清华、南开南迁以及中研院西迁，这批材料经历了曲折的命运，期间有不少丢失，非常可惜。而在西方，从 1937 年起，以《斯文·赫定博士领导的中国—瑞典考察团在中国西北各省科学考察的报告》为总标题，在斯德哥尔摩陆续出版了五十种之多，内容非常丰富而完整。

而中方很多参与者在后来跌宕的岁月中，没能及时整理出版这些内容，反而沉淀大量资料，留给当下进一步挖掘和开发。比如刘衍淮先生的这部分史料。他参加完考察团，1930 年直接从新疆前往柏林大学留学，归国后先后任教于北平师范大学地理系、清华大学地学系，1949 年后去台湾，任教于台湾师范大学史地系。

2018 年，刘衍淮先生子女把这批西北考察史料无偿捐献给新疆师范大学黄文弼中心，其中包括这部十一册完整记录三年考察历程的日记，1077 天从未间断。除了刘衍淮，新疆师范大学黄文弼研究中心汇集了越来越多的西北考察团史料、文献，已成为西北考察团研究的重镇。

在西北考察团研究中，更多是考古、历史及文博相关，而刘衍淮先生是一名气象生。他们这一组四名气象生在赫德带领下，对西北的气象做了深入的考察和研究，对我们了解民国时期的西北气象有着深刻的意义。因此，刘衍淮日记的出版具有重要的标志性意义。

继续往西，就来到中亚。商务印书馆今年出版了好几部重要的中亚书，包括《中亚史》《剑桥早期内亚史》《金帐汗国兴衰史》以及"远方译丛"里的《走过兴都库什山：深入阿富汗内陆》等。

中亚这片地域，这些年广受关注，许多研究者和写作者来到这里，为我们了解中亚提供了诸多视角。比如，"远方译丛"主编罗新教授就一直关注中亚历史与文化，在这套丛书中，率先收录有《走过兴都库什山》，对我们了解阿富汗提供了一种有趣的读本。再比如不久前去世的年轻考古学者刘拓先生，他多年深入中亚诸国进行考古和旅行，并著有《阿富汗访古行记》一书。还有非虚构作家刘子超，他的《失落的卫星：深入中亚大陆的旅程》也为我们打开了丰富的中亚风貌。

《金帐汗国兴衰史》，虽然是二十世纪五十年代苏联历史学家写的，但其经典地位毋庸置疑。我们对元帝国另外四大汗国的历史了解有限，《金帐汗国兴衰史》为我们开启了全新的阅读视角，尽管书中那些复杂而陌生的蒙古名字读来拗口，但"脱脱迷失大汗"的故事却让人大感兴趣。尽管这又是一个阅读大坑，但这个坑有它迷人之处。

还可以继续往西，到欧洲大陆。《欧洲历史地理》《犹太人与世界文明》《魏玛共和国史》等书也非常值得期待，还没来得及读，自然也是商务给我挖的另一个大坑，等我先从中亚的坑里爬出来，看看还有没有力气继续前行。

2021 年 11 月 15 日 中关村

启蒙与好玩

——2022 年商务印书馆评书记

商务印书馆十大好书，今年已是第十年，从第一届开始，我就参与，可以说，见证了一个好书榜十年的历程。十年来，也借由这项评选活动读了很多商务印书馆的书，对我个人阅读史而言，也是非常重要的十年。

2022 年入围的商务印书馆十大好书一百本书目中，有两个关键词值得注意，其一为"启蒙"，其二为"好玩"。

首先是两本带有"启蒙"字眼的书，《创造现代世界：英国启蒙运动钩沉》和《启蒙与书籍：苏格兰启蒙运动中的出版业》。这两本关于英国和苏格兰的启蒙运动的，有着微妙的联系，结合起来看，能看出更多新意，进而理解英国何以成为"现代性"的真正故乡。启蒙是文明的起点，书籍是启蒙的火种，《启蒙与书籍》讲述了书籍作为启蒙的重要一环，在苏格兰启蒙运动中发挥的重要影响，尤其是书中谈及的 360 部重要作品，对我们理解苏格兰启蒙运动有着重要价值。

还有几本书虽然没有"启蒙"字眼，但也有着启蒙的意义。像《葛兆光讲义系列》四卷本，就是葛兆光先生给学生讲课的内容，带有很强的启蒙意义。其中，《中国经典十种》和《古代中国文化史讲义》是给本科生讲的通识课，《学术史讲义》是给硕士生讲的学术史方法论课程，《亚洲史的研究方法》则是给博士生讲的课程。这是葛兆光先生几十年教学经验的总结和方法，对于学生们来讲，无疑有着强大的启蒙意义。能有幸听过葛兆光先生课程的人毕竟有限，所以，这套"讲义"的出版，对于读者而言，也有启蒙意义。

此外，商务新出的"日新文库"，也可以说是一套启蒙书籍，这套文库的作者都是45岁以下的青年学者，他们对于学问的追求有着商务先贤所言的"日新无已，望如朝曙"的理念。第一辑所收六册，既是深厚的学问考订，也是常识的普及和启蒙。这些作者首先是"被启蒙"的一代，他们又用自己的著作启蒙更多的读者。

还有《四大圣哲》在我看来也是启蒙范畴的书籍。作者雅斯贝尔斯是德国大哲学家，"轴心时代"的提出者。他通过对苏格拉底、佛陀、孔子、耶稣这四位"轴

商务印书馆好书评选

心时代"的代表人物，讲述了世界文明在启蒙之初的样貌，他们的思想成为后代一再回思的重要资源，为人类生命带来希望与信心。

再说"好玩"。也有两本带"好玩"字眼的书。一为赵元任先生的摄影集《好玩的大师》，二为陈平原教授的《读书是件好玩的事》。

学术大师赵元任这本摄影集，是我今年阅读中最有趣味之一种，赵先生当年拍摄这些照片也许的确出于他的好玩和好奇心，但留存至今，这些不经意间按下的快门，为百年后的我们留下了珍贵的史料。很多照片都值得细细玩味，甚至会给很多问题的破解提供一种路径。我有好几位朋友在读了这本书后，写了长文描述赵元任和照片中的人物交往史和学术史。而我自己，则在书中找到像胡适、傅斯年、林语堂以及赵元任自己的书房照片，用我的拙笔画一画这些大师们的书房。

陈平原教授对于读书有着很多独到的见解，出版过多本关于读书的书籍。这本《读书是件好玩的事》，收录了他很多对于读书的观点和见解，读了特别有共鸣。其中，《读书是件好玩的事》《坚守自家的阅读立场》《"亲自读书"的重要性》《闻窗外事，读圣贤书》等篇

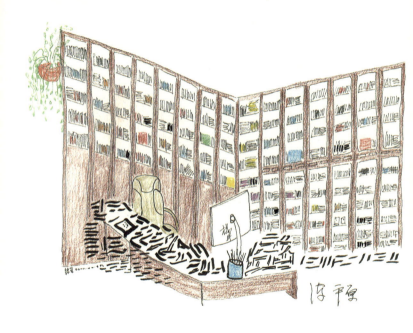

陈平原书房

章尤其引发共鸣和思考。

此外，朱永新先生的《朱永新谈读书》，江晓原先生的《为你读书》等几本谈读书的书，也各有风格，各有趣味和好玩之处，也可列为"读书是件好玩的事"之一。

再有《漫画中的女人》《品格论》《中世纪的面孔》等几本书，也是今年读过的"好玩"的书。《漫画中的女人》收录了五百余幅十五世纪以来的珍贵漫画，生动再现了欧美女性观念和民俗的形成和变迁，具有讽刺艺术中深厚的历史脉络和深刻意涵；《品格论》则是法国文坛怪杰拉布吕耶尔的神作，书中那些讽世性的散文如《论阿谀奉承》《论伪善矫饰》《论粗暴蛮横》《论贪婪无耻》等，放在今天来看，依然振聋发聩。

商务印书馆为今年的选书拟定了一个主题，"十年，我们一起走过的读书岁月。"这真是美好的十年，享受阅读的十年。

2022 年 11 月 15 日 中关村

表现出很大的好奇，买有徐继畲的《瀛寰志略》等。

而作为一名中下层官员，杜凤治也擅于编织自己的关系网，在京候选年间，他结交了很多当时的京官，对他后来为官以及自己的官场关系维护有着很大的帮助。比如，他的朋友圈中，有潘祖荫、李鸿藻、周星誉、杨庆麟、杜联等，潘祖荫对他补缺、调署有一定帮助，杨庆麟后任广东布政使，对他也颇为关照。而杜联更是杜凤治同宗亲戚，他曾在杜联门下读书，他们之间关系稳固。杜联时任广东学政，相当于是省里第三把手，仅在将军、督抚之下。这个坚强的后台是杜凤治在广东为官的重要靠山。除了这些条件，杜凤治自己的为官之道还是很有心计和手腕，周旋在不同官场之间，游刃有余。

杜凤治这部日记是晚清的社会生活史，对晚清官场百态有着丰富而详实的细节记录，对广东的地方史志有着极高的史料价值。今年读了多部关于清代县衙研究的书，像美国学者白德瑞的《爪牙：清代县衙的书吏与差役》，研究县衙里的书吏与差役，作为国家机器的重要组成部分，这些爪牙所扮演的角色是我们了解清代等级制度特别重要的部分。社科院学者经君健的《清代社会的贱民等级》对清代的贱民等级制度研究，也提供另一种新的视角。这几本书联系起来看，对我们了解清代中下层官场和社会，提供了丰富而立体的阅读单元。

而《清代家族内的罪与刑》《帝国潜流》《八旗心象》《微历史》等几本也从家庭、社会、婚姻、法律等角度，为我们呈现了清代更多元的视角。最终，《晚清官场镜像》《清代家族内的罪与刑》《帝国潜流》等三本获得大多数评委青睐，入选年度十大好书。

另一个小主题日本，本年度则有《横滨中华街：一个华人社区的兴起》《战后日本国家认同建构》等几本。这部分就不展开说了，最终，《横滨中华街》在一些评委给予评价后也成功入选。

当然，所有的评选都会有遗憾，像法国思想家雷蒙－阿隆的《民族国家间的和平与战争》，德国历史学家瓦克斯曼的《纳粹集中营史》，英国学者芒特的《王公之泪》，美国学者罗姆的《哲人与权臣》，美国学者霍尔特的《柏林病人》，以及美国学者韦伯的《天鹅之舞》等好书，遗憾错过了本届十大好书。但十大与否不能说明问题，真正的好书总会找到喜欢他的读者。

2022 年 1 月 15 日 中关村

共性和个性

——2021 年绿茶书情评书记

十多年来，参与了无数年度好书榜评选，享受一次次"为了书的聚会"。这一两年，有些评选不做了，还有些转为线上，那种面对面在一起讨论、分享，甚或争吵的乐趣少了很多。一直有想过自己做一个好书榜，但不爱操心的我始终不敢走出这一步。

今年，终于鼓起勇气决定一试，私下里问了几位老友，他们都很鼓励我，并且表示愿意参与评委工作，就这么愉快地开始了。解玺璋、史航、刘柠、庄秋水、丁扬、韩浩月、杨早、邱小石和我自己，组成了绿茶书情好书榜九人评委团。

每个月，我在绿茶书情推送一篇月度好书榜，每期精选三十本好书，一年共三百六十本。在此基础上，我再精选出一百本，发于评委团，大家又增补了一些，最后选定一百零八本为本年度基础书单。在群里发起第一轮投票，有三十九本好书进入终审书单。很快，三十九本入围的书的出版机构寄来样书。

2021 年 1 月 8 日，我们在彼岸书店召开终评会。没有什么比和一群好朋友在一起聊书更开心的事情了，第一次自己张罗这样一次评选，手忙脚乱，语无伦次。

好在我们没有那么多规则，也不讲究什么平衡，大家各抒己见，三十九本入围好书在老友们的分享中慢慢清晰起来，似乎有某些共识正在形成，但似乎又有很多不确定性。共性和个性，是很多好书榜都纠结的问题，而我们这个榜，倾向个性。

最终，我们颠覆了所有规则，现场评委一人拿一本自己首选之书，就自动产生了九本，最后还有一本再通过举手表决产生。共性和个性，在这个不成规则的规则中得以结合。

解玺璋选了《乡里的圣人》，史航选了《受命》，刘柠选了《苏联解体亲历记》，庄秋水选了《隳三都》，丁扬选了《她来自马里乌波尔》，韩浩月选了《数星星的夜》，杨早选了《李劼人往事》，邱小石选了《2000年以来的西方》，我则选了《觅圣记》。最后，大家继续投票选出最有共识的一本则是《克拉拉与太阳》，该书也成为绿茶书情年度之书。

绿茶书情十大好书揭晓后，我忙于整理相关视频和记录，因为技术不熟练，搞得手忙脚乱，都来不及回味那天现场的美好。还好有邱小石兄的摄影，精妙地捕捉了那天很多美好的瞬间，让人久久回味。

做一个"独立好书榜"一直是我的梦想，可是我又是很怕麻烦的人，担心自己处理不好这方方面面的事。今年，鼓足勇气，私下向老友们表达了想法，没想到老友们都很支持，于是就这么愉快地张罗起来了。张罗一次老友聚会，没想到这么开心，尤其还是一场"为了书的聚会"。

在入围的三十九本书单中，有四本关于书的书，《书问京都》《以书会友》《书店四季》和《法国大革命前夕的图书世界》，可能只有在绿茶书情好书榜上才会有这种情况，这些书难有机会在其他榜里出现。

苏枕书是我特别喜欢的江南才女，现于京都大学问学，文字干净素雅，她以前有一本《京都古书店风景》是我大爱。而这本《书问京都》则是她自 2012 年及 2021 年十年间与故乡友人"嘉庐君"的通信。这位"嘉庐君"是苏枕书老乡，南通《江海晚报》副刊编辑，是一位学者型副刊编辑，也是资深的古琴研究者，近年主编的《掌故》杂志在文史圈很有影响。

苏枕书十年间这些乡信则发表于故乡南通的《江海晚报》副刊，这是作者与编者"书札往来传统"在当下少有的一例。而枕书有着深厚的版本目录学知识，信中谈及她在日本买书、淘书以及和古书店主们的交游，当然，亦有浓浓的乡愁和日本日常生活的琐碎之事。

虽然，这几本关于书的书最终都没有进入十大，但在我的阅读中，这些书有着特殊的意义。爱读关于书的书，是每个爱书人的共识，因为这些书中，有爱书人的情感流露，欢喜忧伤是人的基本情感，而爱书人的可爱之处，就在面对书时表露无遗。

首届绿茶书情好书榜让我感受到前所未有的乐趣，我想，这将会成为我未来重点要做的事情之一，也期待这种"独立好书榜"有其独立的个性，能在中国各类好书榜中占有一席之地，发挥其独特的趣味和阅读的主张。

2022 年 1 月 10 日 中关村

The Bookworm

老書蟲

书友

朋友是一生最珍贵的财富，与书有关的朋友则是最密切的关系。这组小文记录与朋友有关、与书有关的故事，放在全书最后，作为小书温暖的收尾。

郯城往事

郯城是鲁东南的一座小城，六根老友韩浩月是郯城人，我们发起的"六根故乡行"曾去韩浩月故乡郯城，对那里的乡土有一种特殊的亲近感。

最近读史景迁的《王氏之死》，这本书的情节发生于1668年至1672年间的郯城，记录的是这个偏远小城里的老百姓的生活。史景迁是西方汉学家中的微观史学代表人物，其微观史学代表著作就是这本《王氏之死》。

这本书主要依据三方面资料。一为1668—1670年间担任郯城县令的冯可参编的《郯城县志》。这部县志可取之处在于，不以礼节或怀旧之情对郯城美化或粉饰，而是直接而冷峻地描写了这个县的困苦与凄凉；其二为1670—1672年间担任郯城县令的黄六鸿于1690年编纂的个人回忆和官箴《福惠全书》；其三为蒲松龄作品《聊斋志异》。

清康熙七年（1668），7月25日，一场地震袭击了郯城，时任县令冯可参到任才几个月。对于这座小城，这场大灾难无疑是致命的，据冯可参在《郯城县志》记录，地震造成郯城至少九千人丧生。面对这样的情形，冯可参虽然竭尽全力，也是无力回天，两年后被免职。被免职后的冯可参穷困潦倒，但他没有马上离开郯城，毕竟他进士出身，在当时的郯城，是唯一一个，所以，他在郯城还是受到尊敬的。接下来，他靠着教书和主编《郯城县志》为生，直至1673年《郯城县志》编成，才回了福建邵武老家。

接替冯可参担任郯城县令的是黄六鸿，他1670年到任，发现当时郯城人民的问题是：如何在眼前这个看似崩解的世界中，求取肉体和道德的基本生存。他于是询问地方士绅和老百姓的看法，对于众人的回答，黄六鸿做了如下记录：

切照郯城，弹丸小邑，久被凋残。三十年来，田地污莱，人烟稀少。极目荒凉之状，已不堪言。复有四年之奇荒，七年之地震，田禾颗粒无收，人民饿死大半。房舍尽皆倒坏，男妇压死万余。即间有孑遗，昼则啼饥号寒，夜则野居露处。甚至父子不能相顾，室家不能相保。老弱转徙于沟壑，少壮逃散于四方。往来道路之人，见者酸心流涕，意谓从此无郯民矣。

　　面对此情此景，黄六鸿深知责任重大，他试图将破碎的乡里重新整合。黄注意到，普遍的不幸和无价值感，再加上郯城居民的玩悍、好斗，导致家庭暴力和自杀案例随处可见。鬼魂和梦魇依然是郯城居民生活中重要的部分，半数以上相信鬼魂和法术，生病时，从不吃药，而去咨询地方术士。

　　1670 年，年轻的康熙帝颁布著名的圣谕十六条，讲述如何在家庭和社会中维持得体的关系，避免冲突，并且下令将这些箴言读给每一个城镇和村庄的居民听，黄六鸿也把这些箴言在郯城广为散布。然而，郯城居民似乎更在意本地的崇祀。他们相信孔子曾游历郯城，向郯子求教，并攀上马陵山眺望大海。这座高丘名为孔望山。六根曾一起登孔望山高石，并没能望见大海。

　　黄六鸿首先考虑的就是修复这些被地震破坏的圣迹，他希望通过恢复圣迹进而修复被破坏的秩序观。

　　1668 年，蒲松龄和表兄正在油灯旁饮酒，听到地震的轰隆声从郯城方向传来，在其《地震》一文中，蒲松龄写道：

康熙七年六月十七日戌刻，地大震。余适客稷下，方与表兄李笃之对烛饮。忽闻有声如雷，自东南来，向西北去。众骇异，不解其故。俄而几案摆簸，酒杯倾覆；屋梁椽柱，错折有声。相顾失色。久之，方知地震，各疾趋出。见楼阁房舍，仆而复起；墙倾屋塌之声，与儿啼女号，喧如鼎沸。人眩晕不能立，坐地上，随地转侧。河水倾泼丈余，鸭鸣犬吠满城中。逾一时许，始稍定。视街上，则男女裸聚，竞相告语，并忘其未衣也……

蒲松龄18岁就通过了秀才考试，可谓是傲娇起步，赢得当地士大夫和官员的赞赏，然而，终其一生都与中举擦肩而过，也就未能在仕途上前进一步，直到71岁，才经由特别恩赐，属于特别致敬形式获得举人头衔。在1670年前后的十年间，蒲氏待业在家，为当地士绅做书记、家教，并把鲁中惊人的故事记录写成传世名著《聊斋志异》。

在史景迁这本《王氏之死》中，《聊斋志异》中的故事构成全书的重要线索和故事脉络，郯城的故事大多也能从《聊斋志异》书中找到相应对照，小说故事穿插在历史考据中，让这本不厚的书显得有血有肉，每个小人物在故事中变得更加立体，生动。

冯可参对《郯城县志》中的传记部分的要求，是最高的，也就是根据地方贤能的价值观行事，将心目中正确的女性举止展示出来。县志中共收录了 56 篇郯城女性传记，这些女性中，有 15 位自杀，其中 13 位自杀的动机是忠于过世的丈夫，避免遭到强暴，只有这样，才能被世人视为道德上的"正确"。

蒲松龄对这样的叙述持不置可否的态度，有时候还借由一些故事来嘲笑一番。他也嘲笑那些士绅，就是编纂乡贤和节烈传的这批人，暗示这班人把女性包含在他们的"节烈"名单中，往往有些暧昧的意图。这些卷目反映了士绅们的价值观，甚至毫不回避偏袒自己人，其中三位，把自己的母亲和嫂子选列入 56 篇女性传记中。

虽然书名叫《王氏之死》，但史景迁留给这位王氏的篇幅也没比别的女性多多少，直到全书快结束了，才有十来页讲述了王氏的故事。王氏的丈夫姓任，他们应该在 1671 年之前已经结婚，住在郯城西南八英里归昌集外的一个小村庄。王氏和丈夫及七十岁的公公同住，任某打临工为生，王氏白天大多数一个人孤单在家，他们没有小孩。

1671 年某天，王氏跟另一个男人跑了。这对情侣需要找一个藏身之处，但在郯城及其周边，找这么一个地方却不是件容易的事。而逃离丈夫这个举动，从法律上来说，王氏已经成为一名罪犯。《大清律》规定，只有妻子被丈夫严重打伤或弄成残疾，或被丈夫强迫和别人发生性关系时，妻子才可以自由离开。王氏和情人的这一行为，按《大清律》，要经受严厉的惩罚。

私奔这件事对当时的两人都是苦事，而不久后，爱人抛下王氏自己跑了，这无疑更是一场噩梦。王氏没有继续逃亡，而是返回归昌老家，但她害怕得不敢面对丈夫。于是在归昌附近一座道教庙宇停留，庙里有一位道士，给了王氏一个居所。1671 年 11 月的一天，村里有人来上香，发现了王氏。

任某来庙里一通闹后，把妻子带回家。1671 年底到 1672 年 1 月，在归昌家里，两人又生活在一起。1672 年 1 月底的一个傍晚，王氏在灯旁帮丈夫缝补衣服。夜里，邻居听到俩人吵架。当任的双手紧紧掐着王

扫花坐晚凉

韩浩月书房

元相识许多年熟悉的家伙之一，主要在一起喝酒画画并不审个，除了去过老大李辉家，其他很多家都没去过，借着运程逛书房的机会逐一画画冬家书房，也是不能长期问的一种临念。此为老的韩浩月书房。

绿茶2020.十二廿五

韩浩月书房

226

氏的脖子时，她从床上弹了起来，但挣不掉任的手。他的双手紧紧掐在她喉咙上，并且用力跪在她肚子上。王氏死时，邻居们没有听到一点异声。

审判进行了四天。

黄六鸿把任某唤上庭来，由于任不认罪，黄提出自己对案件的重建：争吵、勒死、肚子上的膝盖印、雪中的尸体。任叩头招认，承认黄的重建无误。

根据《大清律》，任和父亲两人因为以死罪诬人，理当处死。但是黄有几个说辞：一，任父对罪行一无所知，且年过七十；二，任没有后嗣，如果被处死，任家香火将断绝；三，王氏不守妇道，她背叛了丈夫。最后做出的判决是：任父无罪，任某被重杖并在脖子上戴一段时间枷锁。

王氏之死，仍然带来一个难题，如果她心存报复，可以在村里游荡好几代，无法安抚，无法驱除。这是郯城民众都相信的民间说法。黄六鸿决定，应该用一副好棺材把王氏埋在她家附近"以慰幽魂"。

黄六鸿的《福惠全书》，虽然是官箴，自也有其自我美化的成分。他在任县令的两年多时间里，郯城不会比过去好得了多少，等他在苏州养老时写下这部《福惠

阅读的女人

全书》时，却为后世保留下一份难得的郯城往事。而这些看似细碎的记录，在历史学家史景迁眼中，有着重要的历史信息。以《郯城县志》《福惠全书》和《聊斋志异》这三种材料，史景迁探讨了十七世纪山东农村小老百姓的生存处境和个人境遇。

老友韩浩月也在以他的笔触记录着郯城的近世生活故事，已经先后出版了"故乡三部曲"：《错认他乡》《世间的陀螺》和《我要从所有天空夺回你》。他的笔下，是二十世纪后期和新世纪初期的"郯城往事"，有了十七世纪的郯城作为比照，或能更好地理解这里的风貌与故事。

2023 年 1 月 15 日 中关村

韦力和韦小宝

很多人好奇韦力一年出十来本书，他是怎么做到的？这个疑问我也问过他，他谦虚地说这是多年的积累，刚好在这一年出来了。但连续几年，每年都出十来本，这就说不过去了，不管是不是赶上了，总量摆着呢。

在读过包括"觅系列""书楼系列""琼系列""书店系列"等十几二十本韦力的书后发现，韦力每一次寻访的路径在不同书里会形成有形的关联，比如一段寻访之旅，既寻访"觅系列"中的古人遗迹，也顺便走访了几个书楼或书院，同时过访了途经城市的旧书店以及这个城市里的藏书家或文化人的书房等。这样对照着看，一年出那么多书的"秘密"就显出端倪来了。

和韦力熟的人都知道，他是很自律的人，更是很讲效率的人，一切为了他的"古书"，其他方面尽量能省则省。早些年，他是很低调的人，很少接受媒体采访，更不愿意接受拍照。不是在访古，就是在访古的路上。

韦力经过多年资料梳理，储备了海量的寻访文献，为自己的人文寻踪做精细的规划和路线分析，力争用最少的时间、最小的成本，寻访到最多的古迹。就这么寻啊访啊，很多年，积累了海量的寻访日记。

在经历 2013 年腿受伤的生死考验后，韦力的寻访之旅有所收敛，但依然没有停下脚步。生命无常的体验让韦力越发珍惜时间，进入"井喷式写作"阶段，希望用最快的速度把历年的寻踪之旅一一付梓成书。

他心中有一张蜘蛛网式的寻访地图，涉及规划中的十几个寻访系列，"觅系列"就是十二套体量的规划，包括有经学、理学、文学、诗词、宗教、历史、艺术等十二条主线中的人物和遗迹。还有书楼系列、藏书家墓系列、官书局系列、书院系列等，每到一个地方，连带着把不同系列中的不同人物全套进来，一网打尽。随着寻访网络的扩散，又扩展出很多副产品，如旧书店系列、书房系列等。

随着书越出越多，韦力的曝光度也越来越高，进而被不同编辑"拉下水"，频频在媒体和书店现身，原来那种滴水不漏的矜持，漏得滴水不剩。这些年，韦力变得越来越忙，各种活动和会议邀请不断，于是他把这些活动安排和寻访有效结合，借由活动和开会之机，同步开展寻访之旅，一举多得。

2016 年，是韦力著作出版的分水岭，那一年出版了四本书，分别是《觅宗记》《鲁迅藏书志》（古籍之部）、《书魂寻踪：寻访藏书家之墓》和《古书之爱》。尤其是《觅宗记》，开启了大部头"传统文化遗迹寻踪"系列，并且，这本书的销量和影响力都很大。在此之前，韦力大概一年出一本的频率，在此之后，韦力就保持了一年出九本以上的速度了。2016 年之后，"韦力出没"成为常态。

韦力最新作品《会海鸿泥录》，就是一本"会书"，收录了他自 2015 年至 2019 年参加的关于书的会议记录，从中更清晰地看到他借由开会之机开展的系列寻访之旅。读这本书，特别突显韦力"贼不走空"的本性。

书中，有几次会议我也参与其中，就拿青岛之行来说吧。

青岛出版集团邀请韦力去青岛做我策划的《书楼觅踪》活动，时间是 2017 年 9 月 22 日，这个时间是韦力敲定的，因为这个时间段他安排了一系列前后脚的会议和寻访。

　　此前两天，韦力先去沧州参加"公私藏书与经典阅读（沧州）论坛"，并做了"明代版本琐谈兼谈藏书与读书"讲座，21日上午在沧州书城分享新书，下午赶去青岛。在青岛两日，除了参加青岛书城《书楼觅踪》的新书活动，还采访了薛原的"我们书房"和马一的"我们书店"，期间还在青岛出版集团大楼里，参加了"《青岛市全民阅读蓝皮书》专家研讨会"。

　　以上两个会的实况，都记录在《会海鸿泥录》中。另外，薛原的"我们书房"将会收录于《上书房行走》中，马一的"我们书店"收录在《书坊寻踪：私家古旧书店之旅》中。短短这几日，就攒下了四篇文章素材。

　　离开青岛后，我们又转去济南，当晚就去山东大学杜泽逊教授那里的"校经处"和师生们交流。第二天，我在济南逛书店，他则在济南古籍书店采访并会书友，济南古籍书店一文收录于《书店寻踪：国营古旧书店之旅》中。在济南我待了一天先行回京，他继续在济南周边展开寻访之旅。

　　再举个例子。

　　2017年10月27日，韦力要到萧山图书馆参加"来新夏先生逝世三周年纪念会"。26日他提前到萧山，请

萧山古籍印刷厂张国富董事长安排人带他先寻访两处萧
山区内的藏书楼，当晚才到酒店报到。

第二天上午在来新夏先生三周年纪念会现场，跟来
先生夫人焦静宜老师约了去天津拍先生书房"遂谷"。
下午就约了浙江图书馆徐晓军馆长去富阳参观一家手工
造纸作坊。晚上又赶到诸暨参加 10 月 28 日举行的"第
十五届全国民间读书年会"。

富阳造纸作坊曾独立撰文，来先生纪念会和读书年
会两篇会议实录也收录于《会海鸿泥录》。读书年会期
间，又约了绍兴的方俞明先生带他寻访几座诸暨藏书楼
遗址。萧山和诸暨的几个藏书楼寻访文，则收录于《书
楼探踪·浙江卷》中。

11 月初他又到宁波参加浙江书展的活动和天一阁
讲座。之后，又跑到我老家温州，走访乐清郑金才的
"桃园书院"和方韶毅的"半亩方塘"书房。桃园书院
一文收录于《书坊寻踪：私家古旧书店之旅》中，半亩
方塘书房将来想必会收录到《上书房行走》第二部中。

这就是"韦力效率"！青岛、济南两地，五六篇
甚至七八篇文章就出炉了，论字数半本书打不住。浙江
这一路下来，又是半本书。按这个节奏，一年能出十本

书，完全说得通。

这本《会海鸿泥录》，共收录了五年来韦力参加的32场书会，其中，20场是古籍相关。作为国内最知名的私人藏书家，韦力在古籍圈的影响力自然不可忽视，所以，古籍相关的重要会议，"韦力出没"更是自然。

都说古籍是寂寞的事业，只有少数人从事这项高大上的学问，但看韦力的会议实录，感觉古籍圈好不热闹，各图书馆、高校、研究机构都有古籍研究院、所，还有大量从事古籍鉴定、研究的教授、研究员等，民间更有数量庞大的古籍藏家，各种类型的古籍展、古纸展、古籍艺术展、活字展、稿抄校本展等层出不穷。比起来，我每年参加的好书评选或新书活动反而显得很冷清呢。

每次读韦力的书，总觉得他像某个人，但就是想不起来像谁。读完《会海鸿泥录》，突然想起来一个人——韦小宝。他俩像，不单单因为他们都是韦家人。

韦小宝不会武功，却在《鹿鼎记》中呼风唤雨；不是太监，却混入宫中和康熙玩，并伙同小皇帝擒鳌拜；不是和尚，却被派去五台山，解救顺治爷；不玩古籍，却鬼使神差拿到全套八部《四十二章经》；没有复明理

每次走进芷兰斋，都有种穿越到古代的感觉，那些历经岁月洗礼的书籍，散发着古中国的气息。

—— 绿茶·二0一九·八·十六

韦力书房"芷兰斋"

想，却成为天地会陈近南的徒弟，坐上青木堂香主位置；金庸大侠笔下的韦小宝几乎无所不能，身边更是美女如云，最后携七位夫人归隐，过上神仙日子。

韦力是不是也很跨界。一会儿在古籍圈和不同藏家、目录学家、馆长们开会；一会儿跑去金陵和陈子善、薛冰、王稼句等一众书友贺寿、雅集；一会儿在西施故里的诸暨，探访远古美人，和书友吃喝聊书；还跑去浙江开化县，深山仙境，醉根山房，探寻历经几百年的开化古纸；一会儿又去孔子故里，祭孔、晒书；闲来还跟着文艺下乡团，去凤凰古城、辰溪转悠；而他身边也总是女史相伴，悠哉悠哉！

小文写完发给韦力看，韦力回说："我家猫名字就叫韦小宝。"

2022 年 12 月 15 日 中关村

胡子二三事

许秋汉的《长铗》大家应该都很熟悉，取自《战国策·齐策》之《冯谖客孟尝君》，这个故事家喻户晓，讲述冯谖为孟尝君谋划"狡兔三窟"的事。

要说"狡兔界"，胡子可以算是"狡兔界的战斗兔"，在"挖窟界"，胡子肯定也是"挖窟界的莫高窟"。他的"窟"细数起来可能像马蜂窝一样，有时候连他自己都会迷路。胡阿家、北大窟、诗歌窟、猫窟、早市窟、巴西窟……以及各种中窟、小窟、小小窟。

第一窟当然是胡阿家。

搬到肖家河新家之前，胡阿家先后在北大南门19号楼、西门外的畅春园、蔚秀园，虽然都很小，但这是他最重要的窟，是生活中心，家里有两位女神阿子和刀刀，还有家猫阿克黄，这里是他最安心和开心的窟。他为她们写诗，照顾她们无微不至。

我又变成了你忠实的

挥舞这陈述句和象声词的牧睡人。

但我竟有点怀念

那些怀抱你的褪黑素起舞的

小小少年

——《小小少年》

你派出

整整一个军团的咯咯声

它们手持咯咯响的弯刀

把我肺叶里的晦气

砍得哈哈大笑。

——《笑笑机》

爸爸像个冒险家，不知疲倦地

从你身上偷运出沉甸甸的宝物：

黄灿灿的金片片

水汪汪的银片片

——《片片诗》

其实我知道最后你肯定会发飙

把积压的稿全都天女散花般地写好

然后打开门，我就在门口，背包里

有带给你的栀子花和生煎包

——《京沪高铁》

甚至连你身上那些沉睡的脂肪

都美得及其可疑

……

让她在他身边做终身卧底

千万不要试图把她唤醒

——《终身卧底》

其次就是北大窟。

胡子在北大待了三十年，虽常调侃学校，但对北大的热爱毋庸置疑，这一点，从他这么多年持续参与湖北招生组的工作就可以看出，他希望自己那些优秀的小老乡都能来这所大学。在北大，他立了一个又一个"窟"，让不同的学子和朋友在"窟"里感受到不一样的趣味和机缘。比如：胡门弟子窟、五四文学社窟、通选课学生窟、草坪唱歌窟、湖北招生组窟、北大新青年窟……

> 无所事事的大学，像颓垣的城墙。
> 守护着一个人从少年到青年的全部失败
> ……
> 这所大学像台盲目的砂轮，把一段
> 疑窦丛生的虚构传记磨得光可鉴人。
>
> ——《在北大》

当然，诗歌窟也很重要。

胡子的诗人朋友罗列出来，几乎就是整个中国诗坛。西渡说有"另一个胡续冬"，他有无数个变身，这一点我深为认同，在诗歌这个大"窟"内，他又挖了无数小"窟"，自己在不同小"窟"内自由穿行，收放自如。

> 在最快乐的一瞬间重返诗歌的乐土：在那里
> 金钱是王八蛋，美女是王八蛋，诗歌则是
> 最大的王八蛋，但它孕育着尘世的全部璀璨。
> ——《写给那些在写诗的道路上消失的朋友》

关于胡子的北大和诗歌的胡子，已经有很多人写了怀念文章，此处就讲两个我参与比较多的"窟"。

其一，巴西窟。

把胡子扔到地球上任何陌生的地方，他都能挖出自己的生存之"窟"。在巴西利亚任教那两年，不仅写了巴西专栏以及众多巴西诗歌，还结交了巴西诗坛众多诗人，包括像安娜·宝拉大妈这样的野生诗人。而他走后，巴西各界都在悼念他。

对于巴西窟，我和大家一样，都是看他专栏了解到的，唯一不同的是，我可能看的版本比大家更原始、"更胡子"。我一度是胡子专栏的编辑，胡子在巴西大概闲得很，写专栏勤奋到没朋友，不等催，总是有好几篇存稿在邮箱里躺着。那时候，只有巴西专栏是一天不差，而其他专栏总是东一榔头西一棒槌。

那是 MSN 时代，北京和巴西利亚时差 11 个小时，我们下午六点组版的时候，巴西利亚是前一天上午，编校过程中有什么问题随时可以和他连线，这个连线非常必要，大家都知道，胡子喜欢创造各种"黄灿灿的词句"，而抱着字典工作的校对老师们可不管这些，一篇一千字的专栏，能给你画出八百个圈圈和问号。

这些都要一一和胡子核实，改成字典中可以找到的词句，面对这样的编辑和校对，胡子每次连表情包都不够用，最后只好委托我改到能出片为止。好在巴西看不到《新京报》，那时候文章也不及时上网，不然，胡子第二天肯定得追杀我。

2004年底，胡子从巴西回来，巴西专栏结束。编辑部收到很多读者来信，希望继续巴西专栏，一时我们找不到合适的作者。编辑部最后决定，继续邀请胡子开了"浮生胡言"专栏，又写了一年多。之后，这两个专栏分别结集为《去他的巴西》和《浮生胡言》。

在我副刊编辑生涯中，胡子的专栏可谓是那几年中国媒体专栏的天花板了。

其二，胡门山局。

2007年，我夫人成为胡门弟子，曾经的老朋友，一下子成了他"徒女婿"，小茶包得喊他一声"师爷爷"。

那些年，我也天天往北大跑，和他的一众弟子，打打毛毛球，大汗淋漓后呼啦啦跑去蔚秀园小厨房饱餐川贵美食，饭后再打"红五星"或"三国杀"至深夜，最后从北京偏西北穿越大半个北京城到北京偏东南的家。乐此不疲。

北大及蔚秀园周边的苍蝇馆子，是胡子"胡吃乱想"的阵地，每每发现好食处，就吆喝着弟子们及"徒女婿"开胃，点菜自然不用操心，结账这事，也抢不过他，到后来，我俩只能偷摸着假装上厕所抢账。

挂甲屯的"浙江小海鲜"一度是我们最频繁的吃所，只有到这里，我这个浙江海边长大的人，才能轮到点菜的机会，这里没有菜谱，看着橱窗里的海鲜现点，做法也都是现创。双安隔壁的川军本色、大钟寺的花溪米粉、牡丹园的食盅汤等，留下各种"胡吃乱想"的印迹。

那些年周末山局更是精彩难忘，另一位"徒女婿"冷霜也经常参加。参加"胡门山局"之前，我也算资深老驴友了，北京周边的山爬得差不多了，但胡子这个爱操心的天蝎男，还是一手安排路线、交通、饮食等，像一个老领队一样操着各种心。"胡门山局"比较野生，没有装备，当天往返，不带登山杖，照样爬很高的山，我通常领头，胡子押后。这一群"野生山货"在群山漫野中自得其乐，欢歌笑语。

在幽州峡谷，随手可摘鲜肥大枣，一路走一路吃，心想这里的生活太美好了。不觉间，一位大叔手拿镰刀横在我们面前，问我们："吃了多少大枣？"我们心里也没数啊，把手一摊说："就这些。""镰刀大叔"说："交五十块钱！"我们乖乖掏了五十元钱。

从大觉寺到萝卜地，一路上穿越大片大片的荆棘，有胡门弟子穿着毛衣，差点拆了线，还有胡门弟子穿着皮衣，像黑板上的白粉笔打了无数叉叉。

翻检那些年的山局照片，感叹曾经这么年轻，笑得如此开心！

也许是地球太无聊了，已经无"窟"可挖了，胡子决定去天堂挖一些"窟"出来，等将来我们这些朋友们再去的时候，好有个落脚的地方。这个爱操心的天蝎男，这心操得也太大了点。

胡子有一首诗《感谢信》，讲的是 2010 本命年去白云观求签，求得本命神和值岁神，分别是张朝大将军和邬桓大将军，这两位明朝的小芝麻官不知怎么就混入道教六十位太岁星君队伍里了。揣了一年两位大将军签，果然一年无灾无恙，心神安宁。所以，写这首诗感谢他们。估计这会儿，他可能和两位大将军已经称兄道弟、把酒言欢呢。

今天一群地球窟的朋友们聚在一起，背地里编排他，估计他今天会打几个大喷嚏。

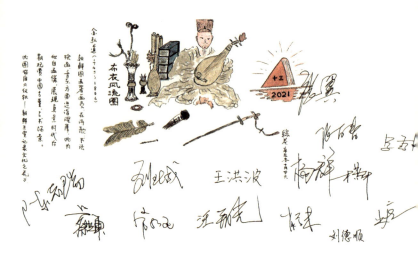

临《仪轨：朝鲜王室记录文化之花》

一千四百三十九年之后，

在夜归的途中，我和妻子

也看见了一只白猫，约莫有

三个月大，小而有尊严地

在蔚秀园干涸的池塘边溜达

像一个前朝的世子，穿过

灯影中的时空，回到故园

来巡视它模糊而高贵的记忆。

······

它试图用流水一般的眼神

告诉我们什么，但最终它还是

像流水一样弃我们而去。

我们认定它去了公元 1382 年

的白帐汗国，我们管它叫

脱脱迷失。

——《白猫脱脱迷失》

2021 年 10 月 9 日 中关村

宗兄韶毅

宗兄韶毅，爱书人也。

一见倾心，臭味相投。和韶毅兄相识于互联网 BBS 时代的读书论坛，北漂时期更是时时厮混在一起，一起淘书、一起看电影、一起看话剧、一起泡吧、一起买醉……他身上有爱书人独有的一切毛病：淘旧书、版本控、书话控、不是在书店，就是在去书店的路上……

我们第一次见面，应该在 2000 年冬，在《人民日报》南门第一眼见到瘦如闪电的韶毅兄，颇有点惊讶。他暂别《温州晚报》来京北漂，就职于一家财经媒体。在此之前，相识于网上，那时候，爱书人聚集于天涯"闲闲书话""读书沙龙"等论坛，我当时就职于人民网"读书论坛"，故而混迹在各个读书 BBS，结识很多爱书人，也顺便拉来自己的论坛。和大多数网友以 ID 混迹论坛不同，韶毅兄一直"行不更名，坐不改姓"，以方韶毅混迹于网络。

"万科周刊论坛"一度是我们最沉浸式参与的论坛，书情书色、物质生活、读书者说，种种。我后来的很多好朋友，当年都出没于这个论坛，像深圳的胡洪侠、姚峥华伉俪，一起办读书会的杨早兄等。

那时候天空总是很蓝，日子总过得太慢。那些年，饭馆不像现在到处都有，但饭局文化异常兴旺，每晚不是在饭馆就是在去饭馆的路上。相对传统的 BBS 时代，却是版聚的黄金时代，读书论坛、电影论坛、美食论坛、驴友论坛……各种名目、各种版聚、局中局、局后局。不知道多少次，我喝得烂醉都是韶毅兄送我回家。

读韶毅兄这本《乐书小集》，勾起深埋已久的早期北漂生活史。那三年，对于韶毅兄来说，应该也是人生中极其特殊的三年。他自己说："很多人问我北京的生活，其实可以用空间、视野、心智来概括：温州和北京的空间给了我距离感，这种空间促进了认识，而认识改变了视野，视野又影响了心智；有得有失，终归是宿命……"而这本书，大多内容出自那一时期，可视为韶毅兄北漂时期的阅读史。书中有小半文章系我在《新京报》编副刊时期编发的。

一则，记录他对于"书之书"的迷恋。爱书人的书架上，总少不了琳琅满目的"书之书"。书是美丽的，书之书更为美丽。"书之书"起于民国时期，兴于二十世纪八九十年代，各种"书话"文丛层出不穷，在韶毅兄看来，"书话"是一种独立的文体，不能像个箩筐，什么都往里装，"书话"应该有自己的标准和审美。中国"书话"创作辉煌期无疑以唐弢、阿英、西谛、周作人、叶灵凤等民国文人为代表，黄裳则是承前启后的人，当代则有孙犁、谷林、王稼句、傅月庵、吴兴文等。

韶毅兄不止一次跟我表露过想写一本《中国书话史》的想法，虽然"书话"这种文体严格来说不过百年，但对于中国书籍史、文化史、文学史、学术史、副刊史都有深远影响，出现了大量的代表性作家和作品。李辉兄编"副刊文丛"时说："副刊是半部文学史。"如果照这个说法，"书话是半部近代书籍史"。我期待韶毅兄还保有当年的想法，完成一部《中国书话史》。

二则，记录他在日本、香港、台湾等地的书店之旅。多年来，我也是书店打卡爱好者，每到一地必以打卡书店为首选，去年整理出版了自己十多年书店打卡之书。韶毅兄不仅打卡，还和朋友一起合开过书店"猎书

宗兄方韶毅君，居颐江之畔，编《颐园之中刊，曾书如命，尤着力遑门乡邦文献，有穷尽之厄焉。

旧居"半亩方堂"尝日造访，拥榻皆书房。新居书房明竟春豪，未能画尽其貌。聊录几处局部，画为"半真方堂"。

梁紫康庚子春三月初一

方韶毅书房"半亩方堂"

馆"，而对于书店的情结，缘于他对于温州书店业前世今生的了解。

书中多篇记录温州书店往事。新中国成立初期，办有温州古旧书店，但仅办了十来年，1967 年倒闭，之后，温州就没有真正意义上的旧书店了。对于爱书人而言，一座没有旧书店的城市是多么缺乏趣味。好在温州水心有一处旧书市场，偶尔能淘到好书。

但在韶毅兄的淘书生涯中，二十世纪八十年代后开办的民营书店是主战场，求知书店、乐华书店、韶华书店、国子书店、华越书社、北山书店、东南书店……还有很多没有名字的书店，让一个小书虫享受到淘书的无穷乐趣。

而韶毅兄之爱书，最动人的表达要数一组《给亲爱的，书》文章，又或称为"情书"，他在这组文章前言中写道："北京小西天是我在北京租住的第三个地方，那里挨着北师大，附近的书店很多。那时候我比较闲，经常在饭后散步，书店是我主要的活动场所。住处和书店大概有十多分钟路程，我在路上走的时候，经常会胡思乱想。这组以书为倾诉对象，写写我对书的思念的文章就是这样在路上想出来的……"

我想，韶毅兄应该是想家了，这组文章是写给家乡惦念的亲人或者友人，当时我们在万科周刊论坛追看这组"情书"，为这样的动情而感动。很多朋友唱和，我一度也试着唱和，但没有坚持下去。韶毅兄也没坚持下去。试想这组"情书"一直写下去，会不会是一本"中国版"的《藏书之爱》呢？

我期待这七篇《给亲爱的，书》只是韶毅兄埋下的伏笔，将来他会重新拾起，就像拿起一本尘封的故书，深情地说："亲爱的……"

2023 年 1 月 11 日　中关村

记一件值得流泪的幸福

参加了一个怀旧饭局，这是一个缘于二十年前的饭局。那时候是互联网的"BBS 时代"，当时有一个著名的论坛叫"西祠胡同"，所有人都可以在这里"开版"，可以是公开的"版"，也可以是私密的"版"，公开"版"谁都可以订阅，像当年特别著名的电影论坛"后窗看电影"就是公开版。而私密版需要申请，"斑竹"通过才可以进入，或者"斑竹"邀请也可以进入，这就形成了早期形态的"朋友圈"。

我那时候主要泡的一个论坛叫"饭局通知"，斑竹叫见招拆招，就是现在大家都很熟悉的读库创始人老六（张立宪），这个版开办于 2002 年 2 月 5 日，已经二十周年了。

看名字就知道是发布"饭局通知"的地方，那时候我们每天下班前，去版里看看，今晚在哪儿吃，不用报名也不用跟帖，下班直接杀过去就行。有时候东边一个饭局，西边一个饭局，南边可能还一个饭局，我们就局中局，局后局，有时候几个局合成一个局。据说最疯狂的一次，一晚上弄了六个局，喝了整整一宿。

因为是老六张罗的版，所以，饭局通知里的人，主要是做出版的（如老六）、做媒体的（如我）、做电影的、做编剧的（如史航）、做话剧的……反正都是典型的文艺青年。

那时候我们还年轻，都是单身，所以，整天在一起吃吃喝喝，就像史航老挂在嘴边的："那时候天空总是很蓝，日子总过得太慢。"当然，一群吃货在一起，除了吃吃喝喝，又衍生出来很多其他的局，像歌局，经常饭局后就一起去唱歌；像戏局，有时候相约一起去看话剧等。

此外，还有山局，那时候我是背包客，每周末和一群吃货们去郊区爬山、露营，我们自称为"山货"。爬完山回城里，直接奔到吃货们吃饭的地方，开吃开喝。所以，我们一帮山货后来又另开了一个版叫"山局通知"，跟爬山有关的事就在这个版里讨论。

其实那时候我们很穷，那点工资只够租房和饭局的，但是，好像大家也不怎么着急，感觉大家都差不多，不像现在，人们都很焦虑。

每次饭局结束，如果没喝多的话，当晚，老六就会写一篇《今晚饭局六件事儿》。有时候他喝多了，有人也会写《今晚饭局六件事儿》。第二天，老六醒来，又会补上《昨晚饭局六件事儿》。慢慢地，"六件事儿"就成为饭局通知里主要的文体，我们叫"六股文"，这可以说是饭局通知版的"局方认定文体"。其他局也照例，如《今晚歌局六件事儿》《周末山局六件事儿》等。

"上苍保佑吃完了饭的人民"，再之后，我们这群人"升官的升官，离婚的离婚，无所事事的人"。我也结婚生子，渐渐退出了饭局，远离了山局。

不久前老六在自己的公号发了一条久违的饭局通知："这实在是一件值得流泪的幸福，与生俱来的同乡、同学、同事之外，忽然拥有了一种向来非常难以得到的东西：同类。我的电话本中也都是他们的联系方式，于是一个一个地通知，今晚就开吃。"

二十年的饭局，老六的召唤。

十年前，饭局十周年的时候我们就在这家饭馆，这间包间。今年二十周年时，还是在老地方，那天来了三四十头吃货。原先每日都有的饭局，如今按十年为单位来计了。

　　已经没有了当年那样的酒风浩荡，刚九点多，三桌就合并为一桌。老六在公号里还说道："二十年间无数酒酣耳热的饭局熬下来，大家总结出来我的生理规律：开始唱《告别的年代》的时候，说明已经醉到六成，唱《亚细亚的孤儿》时，醉到八成，如果将足本的《现象七十二变》对付下来，就算到了十成了。"那晚当然还是重复着罗大佑的歌曲，不过等我们散伙时也才唱到《亚细亚的孤儿》。

　　老六说："哎呀！等我们三十周年的时候，该是2032 年了，那时候我是不是像陈晓卿老师那样苍老了呢？"

　　那真是一段"闪亮的日子"，一件值得流泪的幸福。

　　　　　　　　　　　2022 年 2 月 6 日 中关村

跋

　　2015 年出版第一本《在书中小站片刻》，转眼十年了。当年六根诸友在饭局上酒过六巡，书名满天飞的情形还历历在目。只见潘采夫拿着一本茨维塔耶娃的诗集，一篇篇念着："……青春！我们马上将告别…… 让我与你在风中小站片刻！我黝黑的青春！……"等会儿，"在风中小站片刻……在书中小站片刻……"在烟熏酒醋间，"在书中小站片刻"飘落下来，并且，一站到底，一而再，再而三。

　　然而，十年才出了三集。

　　这十年，沦为无业的所谓"自由职业者"，很多"滴水不漏的计划漏得滴水不剩"。只好重操传统媒体人的手艺——码字；这十年，成为"职业读书人"，读书、写书评、当评委，甚至直播带货，每年读书一百多本，十年折合成古籍线装书大概也算"破万卷"了。

2025 年，借由《书店日历》，把读书日常记录下来，有时候回头去看，有些惊喜有些感叹。想着人生已过半百，才有此心境，过去那些没留下记录的日子，如流水般一去不复返，有些遗憾，但也不可惜，毕竟自己这么平凡的人生，本也淡如水，没什么值得记录的。从现在开始记录往后的读书日常，也是有生之年的重要意义。

年过半百知天命，清楚自己的局限，也无法迭代重启。可畅想的未来越来越远，能坚守的事情越来越少，唯有读书、写作、画画……看起来像是一种逃避，或许也可以理解为一种反叛。而反叛的能力，唯有读书，不断读书，保持独立思考，稳定自己的认知，而不是扔给 AI，让算法替代了思考，让眼前堆砌着各种莫名其妙的信息拼图。

这本书收录的篇章，尽管大多为"敷衍之文"，却也记录了日常阅读的一些体会，一些共鸣。在自己的"阅读闭环"中，写下记录完成闭环，是很关键的一步，也是多年保持的一个习惯。本集包括书砦、书房、书榜和书友四个部分。

书砦者，书债也。大多为欠下的书债，有些是媒体书债，有些是作者书债。"拖拉机"如我，始终欠一屁股债，偶尔还二三笔；书房者，心安也。乃阅读、写作之所，亦为我的精神家园；书榜者，共识也。年终聚首，各执己见，最后形成一些书单，供同好参考；书友者，珍贵也。记二三事，聊往昔岁月，都是值得流泪的幸福，作为小书温暖的收尾。

照例要写几句谢词。感谢藏书家韦力先生赐大序，为小书增色不少；感谢六根兄弟们，"人生得一知己足矣"，六根兄弟让我觉得自己好富有；感谢阅读邻居书友们，我们在一起阅读、思考、分享、写作，完成美妙的"阅读闭环"；感谢山东画报出版社愿意出版这样一本小书；感谢责任编辑于滢女士，她的认真和创见帮助这本书呈现最好的样子；感谢封面设计师姜鹏先生，他不厌其烦地设计封面，从众口难调到众口一词的完美效果；感谢阡陌书店郑国栋和他的团队，为这本书的传播和销售费心费力；感谢宗兄方韶毅、胡子、老六等，他们不仅是书中的"书友"，也是现实中感念和敬佩的朋友。

感谢亲爱的茶婆和茶包，因为你们的陪伴和谅解，人间值得。

绿茶

2025 年 4 月 8 日